台灣の讀者の皆さんへのコメント

海を越えて旅したことのない私の書いた小説が、
海を越えて多くの讀者の皆様のもとに屆いていることを、
心から嬉しく思っています。
この作品も、どうぞお樂しみいただけますように！

致親愛的台灣讀者

從未出國旅行的我，
這次很高興自己寫的小說能跨海與許多讀者見面，
希望這部作品能帶給您無上的閱讀樂趣。

宮部みゆき

宮部美幸 作品集／11
Miyabe Miyuki

宮部美幸

黃心寧 譯／文藝評論家 傅博 總導讀

寂寞獵人

さびしいかりゅうど

獻給祖父

宮部美幸

作品集／11
Miyabe Miyuki

寂寞獵人

Contents

總導讀　傅博

宮部美幸的推理文學世界

日本當代國民作家宮部美幸

近年來在日本的雜誌上，偶爾會看到尊稱宮部美幸爲國民作家。怎樣才能榮獲這個名譽呢？好像沒有確切的答案，然而綜觀過去被尊稱爲國民作家的作家生涯便不難看出國民作家的共同特徵。

明治維新（一八六八年）一百多年以來，被尊稱爲國民作家的爲數不多，夏目漱石和吉川英治是最早期的國民作家。夏目漱石是純文學大師，其作品具大眾性，一九一六年逝世至今，已歷九十年，其作品在書店仍然可見，代表作有《我是貓》、《少爺》等等。吉川英治是大眾文學大師，其作品有濃厚的思想性，對二次大戰戰敗的日本國民發揮了鼓舞的作用，其著作等身，代表作有《宮本武藏》、《新．平家物語》等等。

屬於戰後世代的國民作家有松本清張和司馬遼太郎。松本清張是社會派推理文學大師，其寫作範圍十分廣泛，除了推理小說之外，對日本古代史研究、挖掘昭和史等，留下不可磨滅的貢獻。司馬遼太郎是歷史文學大師，早期創作時代小說，之後撰寫歷史小說和文化論。這兩位作家的共同特徵是，著作豐富、作品領域廣泛、質與量兼俱。他們的思想對一九六〇年代後的日本文化發揮了影響力。

上述四位之外，日本推理小說之父江戶川亂步、時代小說大師山本周五郎，以及文學史上創作量最多、男女老少人人喜愛的赤川次郎也榮獲國民作家的尊稱。

綜觀以上的國民作家，其必備條件似乎是著作豐富、多傑作；作品具藝術性、思想性、社會性、娛樂性、普遍性；讀者不分男女，長期受到廣泛的老、中、青、少、勞動者以及知識份子的閱讀。

宮部美幸出道至今未滿二十年，共出版了四十三部作品，包括四十萬字以上的巨篇八部、長篇十五部、中篇集三部、短篇集十三部，非小說類有繪本兩冊、隨筆一冊、對談集一冊。以平均每年出版兩冊的數量來說，在日本並非多產作家，但是令人佩服的是，其寫作題材廣泛、多樣，品質又高，幾乎沒有失敗之作。所獲得的文學獎與同世代作家相較，名列第一，該得的獎都拿光了。質的成功與量成比例，是宮部美幸文學的最大武器，也是獲得國民作家之稱的最大因素。

宮部美幸，本名矢部美幸，一九六〇年十二月二十三日生於東京都江東區深川。東京都立墨田川高中畢業之後，到速記學校學習速記，並在法律事務所上班，負責速記，吸收了很多法律知識。一九八四年四月起在講談社主辦的娛樂小說教室學習創作。

一九八七年，〈吾家鄰人的犯罪〉獲第二十六屆《ALL讀物》推理小說新人獎，〈鎌鼬〉獲第十二屆歷史文學獎佳作。一位新人，同年以不同領域的作品獲得兩種徵文比賽獎項實爲罕見。

前者是透過一名少年的觀點，以幽默輕鬆的筆調記述和舅舅、妹妹三人綁架小狗的計劃所引發的意外事件，是一篇以意外收場取勝的青春推理佳作，文風具有赤川次郎的味道。後者是以德川幕府時代的江戶（今之東京）爲時空背景的時代推理小說。故事記述一名少女追查試刀殺人的兇手之經過，全篇洋溢懸疑、冒險的氣氛。

要認識一位作家的本質，最好的方法就是閱讀其全部的作品。當其著作豐厚，無暇全部閱讀時，則是先閱讀其處女作，因爲作家的原點就在處女作。以宮部美幸爲例，其作品裡的偵探，不管是系列偵探或個案偵探，很少是職業偵探，大多是基於好奇心欲知發生在自己周遭的事件眞相，而做起偵探的非職業偵探，這些主角在推理小說是少年，在時代小說則是少女。其文體幽默輕鬆，故事收場不陰冷而十分溫馨，這些特徵在其雙線處女作之中已明顯呈現。

繼處女作之後的作品路線，即須視該作家的思惟了；有的一生堅持一條主線，不改作風，只追求同一主題，日本的推理小說家大多屬於這種單線作家——解謎、冷硬、懸疑、冒險、犯罪等各有專職作家。

另一種作家就不單純了，嘗試各種領域的小說，屬於這種複線型的推理作家不多，宮部美幸即是罕見的複線型全方位推理作家。她發表不同領域的處女作——推理小說和時代小說——同時獲得肯定，登龍推理文壇之後，此雙線成爲宮部美幸的創作主軸。

一九八九年，宮部美幸以《魔術的耳語》獲得第二屆日本推理懸疑小說大獎，拓寬了創作路線，由此確立推理作家的地位，並成爲暢銷作家。

宮部美幸作品的三大系統

這次宮部美幸授權獨步文化出版社，發行台灣版《宮部美幸作品集》二十七部（二十三部中有四部分爲上下兩冊），筆者以這二十三部爲主，按其類型分別簡介如下。

要完整歸類全方位作家宮部美幸的作品實非易事，然其作品主題是推理則毋庸置疑。筆者綜合故事的時空背景以及現實與非現實的題材，將它分爲三大系統。第一類爲推理小說，第二類時代小說，第三類奇幻小說，而每系統可再依其內容細分爲幾種系列。

一、推理小說系統的作品

宮部美幸的出道與新本格派的崛起（一九八七年）是同一時期，其早期的作品可能受到此影響之外，文體、人物設定、作品架構等，可就是受到赤川次郎的影響了。所以她早期的推理小說大多屬於青春解謎的推理小說；許多短篇沒有陰險的殺人事件登場，大多是以日常生活中的家庭糾紛爲主題，屬於日常之謎系列的推理小說不少。屬於本系列的有：

1.《吾家鄰人的犯罪》（短篇集，一九九〇年一月出版）收錄處女作以及之後發表的青春推理短篇四篇。早期推理短篇的代表作。

2.《完美的藍天》（長篇，一九八九年二月出版／獨步文化版．宮部美幸作品集01——以下只記集號）「元警犬系列」第一集。透過一隻退休警犬「正」的觀點，描述牠與現在的主人——蓮見偵探事務所調查員加代子——的辦案過程。故事是正和加代子找到離家出走的少年，在將少年帶回家的途中，目睹高中棒球明星球員（少年的哥哥）被潑汽油燒死的過程。在搜查過程中浮現的製藥公司的陰謀是什麼？「完美的藍天」是藥品名。具社會派氣氛。

3.《令人著迷——正之事件簿》（連作短篇集，一九九七年十一月出版／16）「元警犬系列」第二集。收錄〈令人著迷〉等五個短篇，在第五篇〈正的辯明〉裡，宮部美幸以事件委託人登場。

4.《今夜難眠》（長篇，一九九二年二月出版／06）「島崎俊彥系列」第一集。透過中學一年級生緒方雅男的觀點，記述與同學島崎俊彥一同調查一名股市投機商贈與雅男母親五億圓後，接獲恐嚇電話、父親離家出走等事件的眞相，事件意外展開、溫馨收場。

5.《連作夢也沒想到》（長篇，一九九五年五月出版／13）「島崎俊彥系列」第二集。在秋天的某個晚上，雅男和俊男兩人參加白河公園的蟲鳴會，主要是因爲雅男想看所喜歡的工藤小姐一眼，但是到了公園門口，卻碰到殺人事件，被害人是工藤的表姊，於是兩人開始調查眞相，發現事件背後的賣春組織。具社會派氣氛。

6.《無止境的殺人》（長篇，一九九二年九月出版／08）將錢包擬人化，由十個錢包輪流講自己所見的主人行爲而構成一部解謎的推理小說。人的最大欲望是金錢，作者功力非凡，藉由放錢的錢包揭開十個不同的人格，而構成解謎之作，是一部由連作構成的異色作品。

7.《繼父》（連作短篇集，一九九三年三月出版／09）「繼父系列」第一集。一個行竊失風的小偷，摔落至一對十三歲雙胞胎兄弟家裡，這對兄弟的父母失和，留下孩子各自離家出走，於是兄弟倆要求小偷當他們的爸爸，否則就報警，將他送進監獄，小偷不得已，承諾兄弟倆的要求當了繼父。不久，在這奇妙的家庭裡，發生七件奇妙的事件，他們全力以赴解決這七件案件。典型的幽默推理小說集。

8.《寂寞獵人》（連作短篇集，一九九三年十月出版／11）「田邊書店系列」第一集。以第三人稱多觀點記述在田邊舊書店周遭所發生的與書有關的謎團六篇。各篇主題迥異，有命案、有日常之謎、有異常心理、有懸疑。解謎者是田邊舊書店店主岩永幸吉和孫子稔。文體幽默輕鬆，但是收場不一定明朗，有的很嚴肅。

以上八部可歸類爲解謎推理小說，而從文體和重要登場人物等來歸類則是屬於幽默推理、青春推理爲多。屬於這個系列的另有以下兩部。

9.《地下街之雨》（短篇集，一九九四年四月出版）。

10.《人質卡濃》（短篇集，一九九六年一月出版）。

以下十部的題材、內容比較嚴肅，犯罪規模大，呈現作者的社會意識。有懸疑推理、有社會派推理、有報導文體的犯罪小說。

11.《魔術的耳語》（長篇，一九八九年十二月出版／02）獲第二屆日本推理懸疑小說大獎的社會派推理傑作。三起看似互不相干的年輕女性的死亡案件，和正在進行的第四起案件如何演變成連續殺人案。十六歲的少年日下守，爲了證實被逮捕的叔叔無罪，挑戰事件背後的魔術師的陰謀。宮部美幸早期代表作。

12.《Level 7》（長篇，一九九〇年九月出版／03）一對年輕男女在醒來之後失去記憶，手臂上被印上「Level 7」；一名高中女生在日記留下「到了 Level 7 會不會回不來」之後離奇失蹤。尋找自我的男女，和尋找失蹤的女高中生的眞行寺悅子醫師相遇，一起追查 Level 7 的陰謀。兩個事件錯綜複雜，發展爲殺人事件。宮部後期的奇幻推理小說的先驅之作、早期代表作。

13.《獵捕史奈克》（長篇，一九九二年六月出版／07）持散彈槍闖入大飯店婚宴的年輕女子關沼惠子、欲利用惠子所持的槍犯案的中年男子織口邦雄、欲阻止邦雄陰謀的青年佐倉修治、欲去探望病倒的妻子的優柔寡斷的神谷尙之、承辦本案的黑澤洋次刑警，這群各有不同目的的人相互交錯，故事向金澤之地收束。是一部上乘的懸疑推理小說。

14.《火車》（長篇，一九九二年七月出版）榮獲第六屆山本周五郎獎。停職中的刑警本間俊介受親戚栗坂和也之託，尋找失蹤的未婚妻關根彰子，在尋人的過程中，發現信用卡破產猶如地獄般的現實社會，是一部揭發社會黑暗的社會派推理傑作，宮部第二期的代表作。

15.《理由》（長篇，一九九八年六月出版）二〇〇一年榮獲第一百二十屆直木獎和第十七屆日本冒險小說協會大獎。東京荒川區的超高大樓的四十樓發生全家四人被殺害的事件。然而這被殺的四人並非此宅的住戶，而這四人也不是同一家族，沒有任何血緣關係。他們爲何僞裝成家人一起生活？他們到底是什麼人？又想做什麼？重重的謎團讓事件複雜化，事件的眞相是什麼？一部報導文學形式的社會派推理傑作。宮部第二期的代表作。

16.《模倣犯》（百萬字長篇，二〇〇一年四月出版）同時榮獲第五十五屆每日出版文化獎特別獎，二〇〇二年同時榮獲第五屆司馬遼太郎獎和二〇〇一年度藝術選獎文部科學大臣獎文學部門獎。在公園的垃圾堆裡，同時發現女性的右手腕與一名失蹤女性的皮包，不久兇手打電話到電視公司和失主家中，果然在兇手所指示的地點發現已經化爲白骨的女性屍體，是利用電視新聞的劇場型犯罪。不久，表面上連續殺人案一起終結了，之後卻意外展開新局面。是一部揭發現代社會問題的犯罪小說，宮部文學截至目前爲止的最高傑作，推理文學史上的不朽名著。

17.《R·P·G》（長篇，二〇〇一年八月出版／22）在食品公司上班的所田良介於杉並區的建築工地被刺死，在他的屍體上找到三天前在澀谷區被絞殺的大學女生今井直子身上所發現的同樣纖維，於是兩個轄區的警察組成共同搜查總部，而曾經在《模倣犯》登場的武上悅郎則與在《十字火焰》登場的石津知佳子連袂登場。是一部現今在網路上流行的擬似家族遊戲爲主題的社會派推理小說。

宮部美幸的社會派推理作品尚有：

18.《東京下町殺人暮色》（原題《東京殺人暮色》，長篇，一九九〇年四月出版）。

19.《不必回信》（短篇集，一九九一年十月出版）。

20.《誰？》（長篇，二〇〇三年十一月出版）。

二、時代小說系統的作品

時代小說是與現代小說和推理小說鼎足而立的三大大眾文學。凡是以明治維新之前爲時代背景的小說，總稱爲時代小說或歷史·時代小說。

時代小說視其題材、登場人物、主題等再細分爲市井、人情、股旅（以浪子的流浪爲主題）、劍豪、歷史（以歷史上的實際人物爲主題）、忍法（以特殊工夫的武鬥爲主題）、捕物等小說。

捕物小說又稱捕物帳、捕物帖、捕者帳等，近年推理小說的範疇不斷擴大，將捕物小說稱爲時代推理小說，歸爲推理小說的子領域之一。捕物小說的創作形式是日本獨有，其起源比日本推理小說早六年。一九一七年，岡本綺堂（劇作家、劇評家、小說家）發表《半七捕物帳》的首篇作的〈阿文的魂魄〉，是公認的捕物小說的原點。

據作者回憶，執筆《半七捕物帳》的動機是要塑造日本的福爾摩斯——半七，同時欲將故事背景的江戶的人情和風物以小說形式留給後世。之後，很多作家模倣《半七捕物帳》的形式，創作了很多捕物小說。

由此可知，捕物小說與推理小說的不同之處是以江戶的人情、風物爲經，謎團、推理爲緯而構成的小說。因此，捕物小說分爲以人情、風物爲主，與謎團、推理取勝的兩個系統。前者的代表作是野村胡堂的《錢形平次捕物帳》，後者即以《半七捕物帳》爲代表。

宮部美幸的時代小說有十一部，大多屬於以人情、風物取勝的捕物小說。

21.《本所深川怪異草紙》（連作短篇集，一九九一年四月出版／05）「茂七系列」第一集。榮獲第十三屆吉川英治文學新人獎。江戶的平民住宅區本所深川，有七件不可思議的事象，作者以此七事象爲題材，結合犯罪，構成七篇捕物小說。破案的是回向院捕吏茂七，但是他不是主角，每篇另有主角，大多是未滿二十歲的少女。以人情、風物取勝的時代推理佳作。

22.《幻色江戶曆》（連作短篇集，一九九四年八月出版／12）以江戶十二個月的風物詩爲題，結合犯罪、怪異構成十二篇故事。以人情、風物取勝的時代推理小說。

23.《最初物語》（連作短篇集，一九九五年七月出版，二〇〇一年六月出版珍藏版，增補一篇作品／21）「茂七系列」第二集。以茂七爲主角，記述七篇茂七與部下系吉和權三辦案的經過，作者在每篇另有記述與故事沒有直接關係的季節食物掌故，介紹江戶風物詩。人情、風物、謎團、推理並重的時代推理小說。

24.《顫動的岩石——通靈阿初捕物控1》（長篇，一九九三年九月出版／10）「阿初系列」第一集。破案的主角是一名具有通靈能力的十六歲少女阿初，她看得見普通人看不見的東西，而且一般人聽不到的聲音也聽得到。某日，深川發生死人附身事件，幾乎與此同時，武士住宅裡的岩石開始顫動。這兩件靈異事件是否有關聯？背後有什麼陰謀？一部以怪異取勝的時代推理小說。

25.《天狗風——通靈阿初捕物控2》（長篇，一九九七年十一月出版／15）「阿初系列」第二集。天亮刮起大風時，少女一個一個地消失，十七歲的阿初在追查少女連續失蹤案的過程中遇到邪惡的天狗。天狗的眞相是什麼？其陰謀是什麼？也是以怪異取勝的時代推理小說。

26.《糊塗蟲》（長篇，二〇〇〇年四月出版／19．20）「糊塗蟲系列」第一集。深川北町的鐵瓶大雜院發生殺人事件後，住民相繼失蹤，是連續殺人案？抑是另有陰謀？負責辦案的是怕麻煩的小官岩井平四郎，協助他破案的是聰明的美少年弓之助。本故事架構很特別，作者先在冒頭分別記述五則故事，然後以一篇長篇與之結合，構成完整的長篇小說。以人情、推理並重的時代推理傑作。

27.《終日》（長篇，二〇〇五年一月出版／26．27）「糊塗蟲系列」第二集。故事架構與第一集一樣，在冒頭先記述四則故事，然後與長篇結合。負責辦案的是糊塗蟲岩井平四郎，協助破案的除了弓之助之外，回向院茂七的部下政五郎也登場，作者企圖把本系列複雜化，或許將來作者會將幾個系列納爲一大系列。也是人情、推理並重的時代推理小說。

以上三系列都是屬於時代推理小說。案發地點都在深川，但是每系列各具特色，有以風情詩取勝，也有以人際關係取勝，也有怪異現象取勝，作者實爲用心良苦。宮部美幸另有四部不同風格的時代小說。

28.《扮鬼臉》（長篇，二〇〇二年三月出版／23）深川的料理店「舟屋」主人的唯一女兒阿倫，發燒病倒，某日一個小女孩來到其病榻旁，對她扮鬼臉，之後在阿倫的病榻旁連續發生可怕又可笑的不可思議的事，於是阿倫與他人看不見的靈異交流。一部令人感動的時代奇幻小說佳作。

29.《怪》（奇幻短篇集，二〇〇〇年七月出版）。

30.《鎌鼬》（人情短篇集，一九九二年一月出版）。

31.《寬恕箱》（人情短篇集，一九九六年十一月出版）。

三、奇幻小說系統的作品

史蒂芬．金的恐怖小說和奇幻小說《哈利波特》成爲世界暢銷書後，原處於日本大眾文學邊緣的奇幻小說獲得成長發展的機會，漸漸確立了其獨立地位，而宮部美幸的奇幻小說就是在這欣欣向榮的機運中誕生的。她的奇幻作品的特徵是超越領域與推理小說結合。

32.《龍眠》（長篇，一九九一年二月出版／04）榮獲第四十五屆日本推理作家協會獎的長篇獎。週刊記者高坂昭吾在颱風夜駕車回東京的途中遇到十五歲的少年稻村愼司，少年告訴記者：「我具有超能力。」他能夠透視他人心理，愼司爲了證明自己的超能力，談起幾個鐘頭前發生的事件眞相，從此兩人被捲入陰謀。是一部以超能力爲題材的奇幻推理傑作，宮部早期代表作。

33.《十字火焰》（長篇，一九九八年十一月出版／17．18）青木淳子具有「念力放火」的超能力。有一天她撞見了四名年輕人欲殺害人，淳子手腕交叉從掌中噴出火焰殺害了其中的三個人，另一個逃走了。勘查現場的石津知佳子刑警，發現焚燒屍體的情況與去年的燒殺案十分類似。也是一部以超能力爲題材的奇幻推理大作。

34.《蒲生邸事件》（長篇，一九九六年十月出版／14）榮獲第十八屆日本ＳＦ大獎。尾崎高史爲了應考升學補習班上京，其投宿的飯店發生火災，因而被一名具有「時間旅行」的超能力者平田次郎搭救到一九三六年二月二十六日的二・二六事件（近衛軍叛亂事件）現場，兩名來自未來的訪客能否阻止起義而改變歷史？也是一部以超能力爲題材的奇幻推理大作。

35.《勇者物語—Brave Story》（八十萬字長篇，二〇〇三年三月出版／24・25）念小學五年級的三谷亘的父母不和，正在鬧離婚，有一天他幻聽到少女的聲音，決心改變不幸的雙親命運，打開幽靈大廈的門，進入「幻界」到「命運之塔」。全書是記述三谷亘的冒險歷程。一部異界冒險小說大作。

除了以上四部大作之外，屬於奇幻小說的作品尚有以下四部：

36.《鵲笛草》（中篇集，一九九五年九月出版）。

37.《僞夢１》（中篇集，二〇〇一年十一月出版）。

38.《僞夢２》（中篇集，二〇〇三年三月出版）。

39.《ＩＣＯ——霧之城》（長篇，二〇〇四年六月出版）。

以上三十九部是小說。另有四部非小說類從略。

如此將宮部美幸自一九八六年出道以來，一直到二〇〇五年底所出版的作品，歸類爲三系統後，再按時序排列，便很容易看出作者二十年來的創作軌跡，也可預見今後的創作方向。請讀者欣賞現代，期待未來。

二〇〇五・十二・二十三

本文作者簡介

傅博

文藝評論家。另有筆名島崎博、黃淮。一九三三年出生，台南市人。於早稻田大學研究所專攻金融經濟。在日二十五年以島崎博之名撰寫作家書誌、文化時評等。曾任推理雜誌《幻影城》總編輯。一九七九年底回台定居。主編《日本十大推理名著全集》、《日本推理名著大展》、《日本名探推理系列》以及日本文學選集（合計四十冊，希代出版）。

1

chapt

第一章 有名無實的六月

1

「爺爺，有你的客人！」

稔從倉庫門縫探出頭喊道。一如往常，他將棒球帽顛倒過來戴，嘴巴動個不停，看似正在嚼口香糖。

「你最好快點，是個美女喔。」

說完，稔便興沖沖地返回店裡。岩老爹將十本一套的兒童世界名著集放回書架，拍拍褲子上的灰塵走出倉庫。

正值六月梅雨季。不論如何清掃，倉庫內總是充滿霉味。走進只隔著一扇門的店內，這次換來一股雨水的味道。客人將外頭的雨水帶進店裡來了。

東京的老街荒川河堤下，一棟小型商用建築的一樓，三坪大的店面和一坪大的辦公室兼倉庫，販售的書籍全是舊書。沒錯，岩老爹所經營的「田邊書店」正是一間舊書專賣店。每天從中午營業到午夜十二點，例假日照常營業。公休日只有過年初一到初三以及終戰紀念日，以及這家店的創辦人也是岩老爹的摯友的忌日，六月十五日。勤勞是這家店的賣點，不過稔總是愛開這個地方的玩笑，因爲這是個海拔零公尺的地區，他常說全日本海拔最低的舊書店，這也是這家書店的另一個賣點。

岩老爹走向櫃檯，稔正向一位略顯老態的男子收款結帳。他仔細數著三張一萬元紙鈔。岩老爹默默地站在稔後面，等他找錢交付商品後，一起大聲喊道。

「謝謝光臨！」

或許是心理作用，客人纖細的背影彷彿震了一下。對方稀疏的頭髮緊張地晃動，稔看著這個景象用雙手摀住嘴巴，掩不住笑意。

客人一消失，岩老爹戳了戳稔的帽子。「那個賣出去囉？」

「嗯，賣出去了。」稔的鼻頭開心地抖了幾下。

「他自投羅網囉？嗯？」

「爺爺你太聰明了。不過，你怎麼知道呢？」

岩老爹和稔口中的「那個」，指的是一套五本的自傳集。這套書籍的作者名爲織田白蓉，是某宗教團體的教祖。

雖然這是一套四六版精裝書，內容也使用了豐富的照片，但定價實在貴得嚇人，一萬九千圓是也。第一集第一頁刊載著作者照片，下方寫著「作者玉照」。

「在我們店裡，能讓人一次就掏出三張萬圓鈔票的就只有那個囉。」

「應該可以再敲多一點錢。」稔竊笑。「那個人看到廣告，嚇得衝進店裡來呢。」

一個星期前，這奇怪的五本書包在紙袋中被人遺棄在田邊書店的鐵門前。這代表主人不奢望賣錢，只想要把它送走，而這種書通常沒好貨。一打開紙袋，裡頭竟是某個教祖的一生自傳，而且還有作者簽名。

以這樣的方式將書籍遺棄在舊書店門口，岩老爹認爲這個人應該不會是個壞人。因爲對方知道如果要店方收下這種書，店方肯定面有難色，但這個人又不忍心丟掉或是回收換成衛生紙。換句話說，這個人對書本仍多少懷有尊敬之意。

然而，岩老爹並不認爲萬物中唯有書本值得尊敬。我們必須尊重那些流下汗水的人們所創造出來的一切事物，而書本只不過是其中之一罷了。

言歸正轉，被人遺棄在外的教祖的一生，照理說並不會受到田邊書店的歡迎。這家書店並不販售名副其實的「古書」，架上的書籍多半是消遣用的書本，全是純粹的娛樂書籍。有小說也有指南書，有《畫畫的技巧》也有童書。客人來店裡買舊書，只爲了求得樂趣和夢想。教祖的一生這類書籍，在這家書店可是無法獲得認同的。

「就算送到市場也沒人買吧。」岩老爹嘆了一口氣。

稔在一旁翻了幾頁說道：「裡頭夾了一張明信片。」

那是都稅事務所寄來催繳固定資產稅的明信片。

「好死不死，他竟然留下這麼有用的東西。地址姓名都一清二楚嘛！」

稔覺得可笑，提議說：「打電話叫他帶回去吧。」但岩老爹另有想法。當天，他便在店外貼了一張廣告。

「織田白蓉大師名著《我的人生道路》五集一套已進貨，作者簽名珍貴版，十日內若無購買者，書籍將退回出版商，切勿錯過好書！」

所謂出版商即是該宗教團體的辦公處。要是把簽名書退回去，對方肯定大爲光火。到底是誰竟敢將教祖親筆簽名的自傳賣給舊書店，他們勢必追究出這個不知好歹的信徒。

而遺留這五本書的人也非常清楚這個下場的嚴重性。

於是有了今天的結果，無庸置疑，剛才買下這些書的男客人正是丟下教祖自傳的當事人。

「不過爺爺，你怎麼知道他會來？他大老遠跑到這裡丟下這些書，可能再也不會靠近這裡啊。」

面對稔的提問，岩老爹掩不住笑意回答他。「他一定非常在意這些書是否賣出去，絕對會跑回來窺探狀況。歹徒一定會回到犯案現場。」

「爺爺，你好像刑警喔。」

「話又說回來，你說的那個客人根本不是美女嘛。你的標準還眞是怪。」

稔嚇得從椅子站起來。「不是，爺爺搞錯了！來找你的美女客人是眞正的訪客，不是書店的客人。她是來找你的。」

「在哪？」

岩老爹慌慌張張地問，稔環顧店內，指著推理小說文庫本的書架一帶。

「就是她。」

那裡站了一名二十多歲，身材苗條的女性。不，爲了形容她那動人的風采，應該說她「佇候」在那裡。

「不好意思，讓您久等了。」

讓她進入辦公室，請她坐在客用的椅子後，岩老爹總算開口了。

前來拜訪岩老爹的小姐名叫做佐佐木鞠子。她說自己任職於大型都市銀行，還掏出行員證，笑著證明自己不是可疑人物。岩老爹回想雖然沒聽過她的名字，不過似乎在哪兒看過她。對方說她上個月還住在這附近，也曾逛過這家書店。

「謝謝妳的捧場。」岩老爹垂下他圓滾滾的頭道謝。據稔形容這顆頭「外型雖然圓滾滾，但裡頭卻是硬邦邦」。

「因爲結婚所以搬家了嗎？」

岩老爹這麼一問，鞠子立刻露出燦爛的笑容。

「是的，我們在上週日辦了喜宴。」

岩老爹心想原來如此，她也是所謂的六月新娘吧。

大家老愛把西洋的習俗帶進日本，但願這樣的現象不要造成其他人的麻煩。岩老爹認爲六月正值梅雨季，這種時候被迫參加喜宴可不是件開心的事。這位小姐外表看來聰明伶俐，但說不定也是個沒有想法的普通女生，讓岩老爹暗自失望。

鞠子並不知岩老爹心中的想法，收起笑容後換成嚴肅的神情。

「岩永先生，我可以這麼稱呼您嗎？」

「當然可以，岩永幸吉正是我的名字。」

這個名字大剌剌地寫在店門口張貼的古物買賣業許可證上。而許可證旁擺了這家店的前任店主，樺野裕次郎的遺照。岩老爹希望藉此提醒自己樺野時時刻刻陪在他身邊，兩人共同經營這家店。

「那麼這家店的店名是……」

「啊啊，那是因爲這一帶叫做田邊町。」

這時候稔送茶進來。鞠子問道：「這位是岩永先生的……」

「這是我唯一的不成材的孫子。」

稔嘟起嘴巴。「不成材是多餘的吧。我叫岩永稔，請用茶。」

稔端茶的動作俐落，鞠子道謝後拿起茶杯問道：「高中生嗎？」

「是的，我今年四月才剛入學。」

鞠子疑惑地看著稔頭上的帽子。「爲什麼把帽子顚倒過來戴呢？」

「帽簷在店裡會阻礙視線。」

「那爲什麼還要戴帽子？」

「我怕沾上灰塵或蝨子。」

「我們店裡沒那麼髒！」

「所以我說只是擔心沾上嘛。」稔一派輕鬆地回答。「而且我是棒球隊的。」

「哇，好厲害喔。」鞠子微笑。「守哪裡呢？」

「左外野，第五棒。」

「你不是壘審嗎？在三壘附近的不是壘審？」

「沒辦法啊，學校操場太小了嘛。」

稔害羞地離開後，岩老爹說：「別把那小子的話當眞，他們學校的棒球隊不過是打打軟式棒球之類的玩意兒罷了。」

鞠子開心地放鬆了臉頰。「別這麼說，您的孫子眞可愛呢。不過他好像不記得我。」

岩老爹歪著頭問道：「妳的意思是……」

「兩位曾經救過我呢。」

鞠子說起了兩個月前的那個晚上發生的事情。

「那天我下班後走在路上，一個陌生男子一直跟蹤我，當時我嚇得逃進這家店裡。您不記得嗎？我可是記得很清楚。」

她說道，當時岩老爹要她暫時躲在店裡，他到外頭探探狀況。稔當時也在店裡，鞠子因爲狂奔而氣喘吁吁，稔還好心地替她倒了一杯水。

「過沒多久，岩永先生就回來了。您說您在外面撞見一個行蹤可疑的男子，您正要叫住他，他就逃走了。書店打烊後，您和孫子兩人送我回到我家附近。我還記得您當時說，這附近沒有警局，實在不安全。」

岩老爹腦中模糊的記憶漸漸清晰了。

「啊啊，好像有那麼回事。」

「我也想起來了。」稔再度探出頭來。「沒錯，沒錯，就是妳。因爲妳髮型變了，所以一時認不出來。」

「別在那偷聽！」岩老爹罵他，鞠子則開心地點頭。

「你說的沒錯，我當時留著長直髮。」

她現在的髮型是露出脖子的俐落短髮，白皙滑嫩的額頭也十分亮眼。

岩老爹收起下巴，端詳鞠子的容貌。「沒錯，我想起來了。唉呀，我一時糊塗了。」

「是嗎？爺爺你不是說過，到了你這個年紀，就像每天一步步死去，所以健忘得厲害。」

岩老爹瞪了稔一眼。「好好顧店！萬一有人偷書，我就扣你薪水！」

「你就算賺我的錢，也帶不進棺材裡呀！」稔說完就立刻逃回店面。

「妳知道我為何說他不成材了吧。」岩老爹說著，大口喝下茶。鞠子笑個不停，從包包裡取出手帕擦拭眼角的淚水，然後調整呼吸正視岩老爹。

「不好意思，我竟然大笑起來。因為我好久沒遇到這麼開心的場面。」

「妳新婚沒多久，怎麼會說這種話呢？」

鞠子的表情忽然黯淡起來。她原本清楚明顯的五官在黯淡的神情下，剎那間彷彿萎縮了。

「我今天拜訪您，其實是因為有事相求。」

她的視線停留在岩老爹襯衫的左肩一帶，接著突然抬起視線開了口。

「您還記得當天跟蹤我的男子長什麼樣子嗎？能否分辨出他的長相？您的記憶對我來說非常重要。」

2

當晚，應該說過了十二點打烊後，岩老爹和稔回到岩老爹的公寓，開了壽喜燒派對。他們用教祖的一生換來的錢，買了大量牛肉。

桌前有一位客人，樺野俊明。已故前店主樺野裕次郎的獨生子，目前三十二歲，單身。樺野裕次郎本身結婚較晚，然而兒子也遲遲不肯成家，沒讓他抱孫子就往生了。

親朋好友以及同事都稱樺野俊明為「河馬兄」（註）。初見面的人聽到「河馬兄」，容易誤以為他是個醜男，一見到面才發現竟是個清秀的美男子，因此人們總是驚訝不已。俊明自己也樂在其中。

「我們來拉一條牛肉的三十八度線。」稔凝視火鍋說：「爺爺，可別侵略我的領土喔！」

俊明一邊替岩老爹倒吟釀酒，一邊笑道：「不用這麼做，肉還很多呢。」

「要抱怨就回去吃自己家的飯！」岩老爹說，微醺的他嗓門也特別大。

「我才不要，在家就得一個人吃飯呀。」

稔的父親是機械大廠的業務部長，母親是裝潢設計師，父母倆各自擁有忙碌的生活。獨生子的稔一出生就是個鑰匙兒童。不過只要父母堂堂正正，就算放任不管小孩，孩子還是能夠平安長大。父母閒著沒事，整天黏著孩子反倒不好。

註：日文中的「樺」與「河馬」同音。

自從一年前岩老爹接下這家店，稔幾乎每週前來幫忙。岩老爹也需要他，因此他們的合作可說是天衣無縫。

樺野裕次郎在六十歲的時候開了這家田邊書店，孤軍奮鬥獨自經營。去年六十四歲病逝，他在臨死前把兒子俊明叫到床邊，囑咐書店未來繼續營業，而俊明也希望能夠成全父親的遺願。

然而俊明無法親自經營，因爲當時他好不容易當上盼望已久的便衣刑警。

於是這項遺願便寄託在樺野裕次郎的好友，岩老爹身上。俊明拜託岩老爹來擔任田邊書店的約聘老闆。

但是，即便是好友與好友兒子的請求，岩老爹仍然無法輕率答應。岩老爹和樺野裕次郎不同，他既不是文藝老人也不愛好文學。他會看的文章侷限在報紙。他在木材批發商工作了四十年，退休後不希望打擾兒子一家人，於是打算獨居，玩玩盆栽過餘生。

這時候，稔開口了。

「很好啊！爺爺，試試看嘛！我會幫你。」

「說到小說，我可是比爺爺在行呢！」

這些話有一鳥入林、百鳥壓音的作用，事情就這麼決定了。

岩老爹對於舊書是個徹底門外漢，起初只好半學半做。舊書店工會的幹部在樺野開業時幫了不少忙，這次也同樣幫了岩老爹，半年後這家店才總算上了軌道。這段期間的經營並沒有出現大虧損，這都歸因於樺野生前抓住了客群，而且他的經營方針也抓對了消費者的喜好。他的經營方針即是：「只賣保證能夠提供快樂的娛樂書籍」。

如今岩老爹也有了老闆的樣子。他原本與兒子一家人同住在橫濱，但他嫌太遠，於是在書店附近租了一間公寓。稔則固定在週末前來幫忙，順便在爺爺家睡一晚。

名義上的老闆則是樺野俊明，他目前隸屬於警視廳的刑事部搜查一課。他可是捉捕凶殘罪犯的優秀刑警，但對於書籍卻一竅不通，似乎也沒什麼經營才華——或許有，但久睡不醒——因此岩老爹更是自許必須出馬保護田邊書店。萬一遇上狡猾的店長盜領公款，俊明還不一定察覺得到呢。

「實在是太沒意思了，三個男人擠在一起吃壽喜燒。」

稔發起牢騷，俊明對他說：「那就帶你女朋友來呀！」

「河馬兄才該帶來吧！你也該定下來成家了！」

「就是沒人催我再婚。」岩老爹自言自語鬧彆扭。

「你敢再娶，不怕奶奶出現在你夢中啊。會有報應唷。」

「別講這種不吉利的話！」俊明罵了稔之後轉身對著岩老爹說：「先別說這個，我想聽剛才的故事。那個美女的故事。」

岩老爹剛向俊明提及佐佐木鞠子的事情。

「這個美女可是人家的老婆呢。」稔邊舔筷子邊說：「你要搞婚外情也罷，不過河馬兄，你已經沒空浪費子彈了吧？該是鎖定目標……」

「稔，你先住嘴。」

岩老爹酌了一口吟釀酒，一邊在舌尖感覺那冰涼爽口的餘味，一邊整理腦袋裡的資訊，因爲鞠子的故事內容有些錯綜複雜。

「我跟她說我應該還記得當天跟蹤她的人，也可以指認。」岩老爹拿起筷子。「於是明天佐佐木小姐要替我製造機會，找個地方讓我指認那個男子。」

「在哪？」

「她姊姊住的公寓大樓裡。」

「姊姊的？不是她本人的家喔？」

「這說起來有點複雜。」

岩老爹難以界定鞠子口中的「事件」從何而起，索性遵照她說明的順序，就從四個月前，她姊姊樋口美佐子失蹤那天開始說起。

美佐子今年三十四歲，比鞠子大十歲，姊妹倆從小父母雙亡，從此姊代母職細心照顧鞠子。鞠子說：「她是個非常體貼的人。不過她高壓式的管教，有時讓我難以承受……」

或許是因爲如此，鞠子長大後到銀行上班，藉此機會兩人開始分開生活。鞠子住在這個社區的某處公寓，美佐子則搬到了下北澤。

「她說這就像孩子離開父母，並非因爲吵架而分開，平時也經常聯絡。」

美佐子就在這樣的狀況下突然消失了，音訊全無，已經過了四個月。

「失蹤前，美佐子打電話到鞠子的公司說：『注意尖牙與利爪。』」

俊明睜大了眼睛。「什麼意思啊？」

岩老爹搖搖頭。「我也不懂，稔做了許多解釋。」稔想開口，岩老爹立刻舉起手制止他。「你待會兒再說，現在不要把事情搞複雜。」

「好。」稔乖乖點頭，岩老爹繼續往下說：「那是她最後一次聽到姊姊的聲音。當時她本想立刻趕到下北澤，但當天是週四，是平常的工作日，不可能說走就走。由於姊姊鮮少在白天打電話到公司，所以她下班後立刻趕到下北澤，但是……」

「姊姊已經不在了？」

「沒錯。」岩老爹點頭，面色凝重。

「河馬兄也清楚吧，警察並不願費心搜尋失蹤人口。尤其對方是特種行業的女性。」

「如果當事人尚未涉及犯罪的話，那也無可奈何。」俊明縮起脖子說。「事實上，那些人多半是自願離家出走或是突然消失嘛。」

「也是啦。」岩老爹歎了一口氣，喝下杯中剩下的吟釀酒。「美佐子的異性關係相當複雜，以前曾和一位有婦之夫私奔，當時鬧得沸沸揚揚。而且鞠子一查才發現，美佐子的房內少了一個皮箱和幾件衣物，加上她的存摺也不見了，這些跡象更加證明她離家出走的可能性，因此警察完全不予理會，還調侃說：『又跟人家私奔了吧。』雖然已經報備失蹤人口，但直到今天依舊找不到美佐子，而她也不曾現身。鞠子小姐氣說警察的態度太冷淡了。」

俊明縮起脖子，彷彿自己也挨罵了。

「但是。」岩老爹繼續說。「上週日鞠子小姐的婚禮上，發生了一件不可思議的事情……」

據說婚禮和喜宴順利結束，賓客返家打開禮物（註）才發現，禮物上頭出現奇怪的塗鴉。

註：日本婚宴上的習俗，新人將贈送一份禮物給賓客表示謝意。

「禮物本身不是什麼奇怪的東西，是一本書，一本小說。」

「很少有人拿書當婚宴的禮物吧。」俊明皺起了眉頭。「新郎或新娘哪位立志當作家嗎？」

「不是。只是新郎佐佐木佑介是個自由文字工作者，就是河馬兄你們警察最不喜歡的自由業囉。」

「才沒有不喜歡呢，只是這些人不容易查出底細呀。」俊明笑道。

「新娘也是個書迷。兩人不希望選擇一般的禮物，因此選了幾本令兩人特別感動的小說當成贈禮。」

「那很辛苦吧？他們得買齊賓客人數份量的小說呢。」

「小說只有四種。他們只請了比較熟的親朋好友，喜宴規模小，賓客只有六十人，每本小說只需要買十五本就夠了。要買齊十五本暢銷書並不困難。」

稔原本專心吃飯，這時突然開口，邊咀嚼邊講出四本小說的名字。「河馬兄，你看過其中任何一本小說嗎？」

「並沒有。」他答得乾脆。「光聽名字就覺得跟我無緣。」

「這些都是美國的新興文學，我稍微看過，不過不怎麼好看。他們兩個的想法不差，可是小說並不適合當禮物吧。你不覺得送禮其實是某種強制行為嗎？如果收到自己沒興趣的東西反倒麻煩。通常愛看書的人喜歡把自己欣賞的作品推薦給別人，但不會把書當成禮物吧。」

「不過婚宴送的禮物還有另一層涵義，那也是新人自己的紀念品。」俊明提醒了稔，然後言歸正傳問岩老爹。「你剛才說書上遭人塗鴉，上頭到底寫了什麼呢？」

岩老爹急忙吞下燒豆腐後回答：「尖牙與利爪。」

「什麼？」

「尖牙與利爪啦，美佐子最後在電話裡說過的話。」

「是喔……，這幾個字眼的確不適合出現在喜宴上。那是塗鴉在小說的什麼地方？」

岩老爹面色凝重地說：「封面。」

「那也未免太過份了。」

「你也覺得吧？而且惡毒地用了血紅色。新郎和新娘或是他們的親屬不可能做這種事，所以這肯定是不懷好意。然而問題是，他們不知道到底是在什麼時候遭人塗鴉。」

這六十本小說不可能和飯店所準備的禮物混雜在一起。他們買齊了六十本，然後放在鞠子家中保管，她選了自己喜歡的包裝紙，找了兩個朋友幫忙包裝所有的書。接著要求貨運公司在婚禮前一天送到飯店，由飯店保管。

「飯店還特別收取保管費，所以他們認爲飯店應該不會疏於保管，也不可能讓外面的人闖入保管室在禮物上動手腳。婚禮當天，飯店人員將小說和其他禮物裝在一起，他們很肯定地表示當時六十本小說上並沒有出現任何異狀。」

「幽靈文字嘛……」俊明歪著頭說：「放在鞠子家中時，眞的沒發現任何異狀嗎？」

「她說沒有。那是她自己婚宴上的禮物，當然會妥善保管。」

「她用什麼東西黏包裝紙？漿糊？還是膠帶？」

岩老爹記不清楚，於是棯代他回答。「我也在意這一點，於是問了鞠子小姐，她說她用隱形膠帶，所以至少比漿糊好撕。」

俊明說：「不過不可能在短時間撕下所有的膠帶，然後將它一一恢復原狀吧？」

「我同意。」棯說。「所以不管兇手是誰，這件事應該是發生在鞠子家中。兇手不可能在飯店的保管室裡動手腳，因爲沒有那麼多時間做這種麻煩事。」

俊明點頭說：「她有沒有在婚禮前外出？」

「你是說有人闖入家中塗鴉囉？」

「是啊，兇手趁這個時候愼重地打開每個包裝紙。只有這個可能吧。」

「不然還有另一種跌破眼鏡的答案。」棯嚴肅地說道：「鞠子小姐自己塗鴉後再包上包裝紙。」

岩老爹搖搖頭。「你也在場聽到鞠子小姐的話吧？她說她請兩個朋友幫忙，三個人一起包裝。難道說，連她的朋友也是共犯？」

棯吐出舌頭說：「這我知道，只是瞎猜罷了。」

俊明苦笑，岩老爹繼續說道：「先不管兇手是誰，鞠子小姐相當在意這個塗鴉的內容：『尖牙與利爪』。她認爲姊姊的失蹤和這次的惡作劇應該有些關聯。尖牙與利爪，這種字眼不容易出現在平常的對話中，因此她猜想這兩件事並非純屬巧合。」

「說的也對……」俊明露出刑警特有的嚴肅神情。

「先不論她姊姊失蹤的原因，鞠子小姐說她猜得出到底是誰做出如此卑劣的惡作劇。」

「是誰？」

「一個被她甩掉的男人。」稔回答。「據說這個男人死纏著鞠子小姐。」
「婚禮前幾天，她親眼看見這個男人在她的公寓附近徘徊。兩個月前也是同一個人在半夜跟蹤她，當時她並沒有對我們談及這個男人的底細。」
「她只說那應該是個色狼。」
「那天半夜，她確實看見那個男人的長相，應該不會看錯。不過光她一個人的說辭缺乏可信度，於是她跑來找我。她希望由我以第三者的立場證明，如果我看到的人和她懷疑的人是同一個，這就可以向警察報案。警察應該會對這一連串的案件感興趣。否則光說婚宴禮物遭人惡作劇，警察可不願意理睬吧？」
「別挖苦我嘛。」俊明說。「有什麼事我能夠幫忙，我也會盡量配合啊。」
「這才像話。」
稔飽餐一頓後懶洋洋躺在榻榻米上，忽然大喊：「哇！熱死了！」起身打開窗戶。
「廢話，六月吃壽喜燒呢。」
「我可以一年到頭都吃壽喜燒啊。」
敞開的窗戶吹來夾雜細雨的涼爽微風。稔躺在地上舒坦地閉上眼睛，俊明望著他問：「你對『尖牙與利爪』這句話有些看法吧？說來聽聽囉。」
稔閉著眼睛說：「第一瞬間我立刻想起一本推理小說。」
俊明轉頭看了岩老爹，岩老爹立刻向他點頭。
「據說確實有這麼一本書。」

「比爾・S・巴林傑（註）的代表作，名字就叫《尖牙與利爪》。」

「你認爲這跟這次案件有任何關聯嗎？」

「很難說……」稔睜開眼睛望著天花板。「小說敘述一樁復仇記。主人公是一名魔術師，因爲妻子慘遭謀害而展開追兇。」

「那是令人沮喪的故事還是讀了心裡舒暢的故事？」

岩老爹緩緩起身走到隔壁房，拿出一本藍色封面的文庫本遞給俊明。

「就是這本嗎？哇，好奇怪的書呢。」

巴林傑的作品《尖牙與利爪》，這本書以「保證退款」的方式賣出。小說最後大約四分之一的部分以紙密封了起來，如果未拆開密封紙拿回出版社，即可退還書款。

「我打算拆開來拜讀一番……」岩老爹說。

3

美佐子住的公寓大廈位於下北澤車站步行約十分鐘的地方。外牆貼了紅磚色的瓷磚，建築物周圍植有綠意盎然的矮樹，淡紫色的繡球花點綴其中。

今天又是個下雨天，雨水就像噴霧器噴灑在灰色天空下。

岩老爹仰頭看了看大廈，發現每一戶陽台上都未掛著曬衣竿或是曬衣架，當然也沒有晾曬任何衣物，這不只是因爲天候的關係吧。這表示這棟大廈爲了保持美觀以及高級感，規定不得將衣物或是棉被曬在外頭。

也就是說，這是高級大廈。

美佐子的家位在四樓的三號房，座東北朝西南。西邊的日曬雖然炎熱，但光線充足。外頭的景色也不差，這間房子想必價值不菲。

時間已經過了下午一點，鞠子和她的先生佐佐木佑介在十一點半驅車到田邊書店載岩老爹。稔也想跟去，但岩老爹不答應，要他好好顧店。

年輕夫婦雙雙露出緊張的神情。佐佐木佑介有著一張俊俏的臉孔，但現在眼角緊繃，猶如一個年輕演員遭導演訓斥。鞠子的眼睛周圍也浮出淡淡黑眼圈，臉上的妝亦不甚服貼。

岩老爹也感到十二萬分的緊張，他身旁分別被佐佐木夫婦包夾，彷彿走在警局接受偵查的甬道上。夫婦倆所散發的氛圍極度嚴肅。萬一他無法辨別當晚那個男子，結果肯定相當尷尬。

鞠子按下四○三號房的門鈴，立刻有人從屋內開啓大門。一名與鞠子年紀相仿的可愛女子探出頭說：「你們回來啦。」

「她是我的同事。」鞠子向岩老爹介紹女子。「這是井口節子小姐。我也需要她一同作證，所以今天也拜託她過來一趟。」

岩老爹默默鞠躬，態度顯出幾分畏縮感。岩老爹心想：「作證是吧？傷腦筋，這件事越來越沉

註：Bill.S Ballinger（1912～1980），美國推理小說家，以冷硬派作品出道，後轉向間諜小說創作，代表作品有《尖牙與利爪》（The tooth and the nail）、《消失的時間》（The longest second）。

重了。」

他們踏進兩房一廳的屋內，立刻聞到一股淡淡的霉味。這個季節只要屋內無人居住，便立刻散發異味。

鞠子也聞到了吧，她一邊比出手勢要岩老爹坐在客廳的沙發上，一邊皺起她那美麗的鼻頭。

「我偶爾會過來讓屋裡通通風，但還是不行。」

「鞠子，妳們乾脆住在這裡吧。在這等姊姊呀。」

井口節子開朗地說。這個女子的長相猶如一隻受驚嚇的兔子，仔細一看，連雙眼都是紅色的，或許是昨晚玩到太晚了。

「那可不行呀。」佐佐木先生說。他的聲音比一般男人高亢一些，不過抑揚頓挫分明，聽來格外舒服。可能與他工作有關吧。

「這裡是美佐子的家，我們不能夠擅自進入。今天算是特例。」

節子微微吐出舌頭，對著岩老爹微笑。該說她討人喜歡，還是神經大條？

「這裡的房租不便宜吧？」岩老爹問道。儘管他們倆都有工作，但要一對年輕夫婦負擔食衣住行的費用外，還要籌出這裡的房租，可不是件容易的事。

「這個房子是她自己的。」

聽了鞠子的回答，岩老爹更是驚訝。

「那房貸一定很重吧！」

鞠子和先生對看後，尷尬地低下頭說：「房貸已經付清了。以前包養姊姊的人在分手時拿這間房子當成分手費……」

「原來如此。」岩老爹急忙說：「那就沒問題啦。」

一行人喝著鞠子泡的咖啡，在房裡顯得相當不自在。

「我們約好兩點見面。」鞠子說完後便靠在廚房的小椅子上，就此望著窗外一動也不動。鞠子的先生則自顧自地看報紙。

井口節子完全釋放出自己的好奇心，四處張望屋內。年輕女孩必定嚮往這樣的房間吧。岩老爹偶爾也會翻閱店裡的裝潢雜誌，那些雜誌上猶如造假的設計裝潢景象竟然存在於這個世界上，出現在他眼前。這可是他頭一次看見眞有人住在這種地方。

牆壁各處掛著似曾相識的畫作。想必是複製品，但確實營造出豪華的氣息，而且說不定其中一兩幅作品是眞跡呢。

岩老爹的職業病發作，他的視線不由得移向書櫃。只要看書櫃，便能看出主人的個性——這話或許有點誇張，但至少能夠了解這個人的嗜好，也大約能猜出屋主的年紀。

一眼就看穿美佐子相當喜愛推理小說。兩層滑門式的書櫃上，排滿本國及國外翻譯作品。如果稔在現場便能解說美佐子對推理小說的愛好傾向，但岩老爹可沒這個功力。啊，我們書店也賣那本書，那本也有，他頂多只能看出這些。

他想起《尖牙與利爪》這本書。

「昨天我和孫子聊起那本小說。」岩老爹對鞠子說道：「據說《尖牙與利爪》是一本有名的推理小說。」

鞠子用力點頭。「是的，沒錯。」

「妳姊姊似乎相當喜愛推理小說，請問這個書櫃裡有沒有《尖牙與利爪》呢？」

「有的。」鞠子從書櫃抽出一本書遞給岩老爹，後半部的封裝紙已被拆開，但書本外觀看來還像本新書。

這時候，好比算準了時間，門鈴響了。鞠子應聲道：「來了。」起身走向玄關。岩老爹好久沒感受到如此緊繃的氣氛。

過了一會兒，鞠子帶著兩名男子回到客廳。兩人腳上的拖鞋在木質地板上發出刺耳的磨擦聲。當磨擦聲進入客廳時，岩老爹猛然抬頭。

先前一切擔憂都是多餘的，因爲他立刻認出左邊的年輕男子正是當晚那名男子。男子大約和鞠子同歲吧，身形瘦弱但耳朵特別大，弱不經風的身軀配上不協調的寬大肩膀，雨水沾濕了廉價雨衣的肩膀一帶。雨衣下穿著西裝，但他似乎不習慣穿西裝，因爲領口特別邋遢。

右邊的男子岩老爹則從未見過，除了岩老爹之外，他應該是在場的男子中最年長的一個。他素雅的西裝打扮配上俐落的領帶，太陽穴旁有幾根猶如刷子刷過的白髮。

鞠子凝視著岩老爹，她從他的表情中領悟了一切。鞠子讓兩位新訪客坐在椅子上，替他們倒咖啡。

「有什麼事趕快解決好不好。」年輕男子說。他的聲音特徵明顯，彷彿有痰卡在喉嚨。

「妳說要我和妳單獨見面，結果這是怎麼一回事啊！」男子不滿地嘟起嘴。

鞠子將咖啡擺在桌上，接著輕輕嘆了一口氣，起身凝視年輕男子說：「事情已經解決一半了。」

「什麼意思啊？」

鞠子回頭看岩老爹，將一隻手放在另一名男子的肩上說：「這位是我們舉辦婚禮那間飯店的事故調查員。我請他和那位先生一起過來。」

「你好。」男子對岩老爹鞠躬。「您就是岩本先生吧，我聽佐佐木夫婦提起過您。我叫本橋行雄。」

岩老爹也對他點頭致意，鞠子轉向可疑男子說：

「然後，這位是鈴木洋次先生。岩本先生應該立刻認出他了吧？」

「到底認出了什麼？」年輕男子再度嘟起嘴巴。這樣的態度顯得他比鞠子幼稚許多。

「你不記得岩本先生嗎？」鞠子的語氣變得犀利。「兩個月前的晚上你跟蹤我，當時就是這位書店的老闆救了我。」

「是舊書店。」岩老爹特別加註。「當時我叫住你，結果你就逃跑了。」

鈴木洋次臉上的肌肉瞬間緊繃，只有嘴唇顫抖。「有這回事嗎……」

「別說你不記得！」鞠子說。

洋次不再開口，他的肩膀僵硬，雙手擺在大腿上緊握拳頭。

「我對你的聲音印象很深刻呢。」本橋開口說道。洋次猛然抬頭。

「佐佐木夫婦的婚禮前一天，我記得你打電話到我們辦公室，詢問婚禮是否確定明天舉行。因為你的聲音相當特別，所以我記得很清楚。」

洋次竟然不打自招說：「接電話的人不是你呀！」

本橋露出職業性的笑容。「當我們接到可疑電話時，我會在一旁監聽。」

岩老爹心想，眞是夠了，這實在太難堪了。他的情緒也跟著低落起來。

「在婚宴禮物上惡作劇的人就是你！」

洋次聽佐佐木先生這麼一說，睜大了眼睛一臉無辜。

「你在說什麼？」

「別裝傻了！」

佐佐木先生向他說明事件的原委，洋次露出震驚的表情。

「我怎麼可能做出那種事……」

「你敢說你沒有？滿嘴胡言！那你爲什麼明知我將和別人結婚，還要跟蹤我？」

洋次低頭不語，喘不過氣來。此刻，岩老爹開始同情起他。

「你到底怎麼辦到的？是不是偷闖進我家？」

洋次不說話僅是一直搖頭。

「我在家裡附近看過你，隔壁鄰居也看過長得很像你的人在我家前面徘徊，而且那是發生在婚禮的前週。當時我已經包裝好所有的禮物，放置在家裡。那個週末我就到佐佐木家住了，所以那兩天我家空無一人。」

洋次抱頭沉默不語，岩老爹平靜地發問：

「隔壁鄰居會不會看錯呢？」

「絕不會錯。」佐佐木先生立即回答。「鞠子的鄰居清楚記得見過一名陌生男子，也記得有一輛可疑的車停在公寓前。那棟公寓只租給女生，所以對於這種事格外敏感，而且她還記下那輛車的車號呢。」

佐佐木慢慢唸出車號，然後問道：「鈴木，這是你的車牌號碼吧？」

洋次遲遲不肯答話，即使答了話也是語無倫次。

「我確實去過……」

「什麼？」

「我說我去過啦！我承認嘛！」他突然咆哮。「我承認，我跟蹤鞠子、打電話到飯店、到她公寓前徘徊，這些我都承認！」

換鞠子發出尖叫聲：「別直接叫我的名字！」

佐佐木從椅子上跳下，跑過去抱起妻子試圖安撫她。

「不過是因為有人找我，我才會在婚禮前一週到她的公寓。」

「誰找你？」

「鞠子啊。」

「騙人！」鞠子怒斥，「我怎麼會找你這種人！」

「我也不知道為什麼啊！可是是我朋友轉告我的，他們說鞠子要傳話給我。」

岩老爹緩緩開口：「是不是有人冒充鞠子小姐打電話給你朋友？」

「怎麼可能……」

「不過就算他到妳家，他要怎麼進屋裡？妳出門時總會上鎖吧？」

鞠子不屑地嗤之以鼻。

「我住的那棟破舊的木造公寓，上鎖根本不可靠。」

「那妳更不能不小心提防啊。」

「那當然。如果我在屋子裡，我一定會從屋內上閂。不過出了門要怎麼上閂呢？一定是他施計闖入我家！」

「妳認為他打一開始就打算在你們的婚宴回禮上作怪？也就是說，他早就知道禮物放在屋子裡囉？」

岩老爹把問題丟向洋次，卻是井口節子回答。

「我想他應該知道。所有支店的人都知道，他一定是從同事間打聽來的。」

「鈴木先生也是妳們同事？」

佐佐木先生抱著鞠子回答：「他是與她們支店有往來的便當店店員。」

「沒錯。」井口節子繼續說道：「我們支店沒有員工餐廳，所以委託業者送便當。他是送貨員，常進出我們支店，便看上了小鞠。大概是從一年前吧，他開始死纏著小鞠……」

「他做過些什麼舉動？」岩老爹問道，他已經有些不耐煩了。

「例如在員工出入口站崗，或是威脅其他女同事問出小鞠的電話號碼，一天打好幾通電話給她等等，對吧？」

節子抬頭看了鞠子，鞠子點頭，表情僵硬地說：「我收到他寄來的好幾封信，裡頭寫滿了污穢的字眼，而且他還到處宣稱『鞠子是我的女人』。」

岩老爹注視著洋次問道：「是這樣嗎？」他只是低頭沉默。

鞠子的聲音顫抖，繼續抱怨。「這人不知道怎麼找到姊姊家，大概又是跟蹤我吧，總之他竟然試圖討好姊姊。他對姊姊說：『我願意爲妳做牛做馬，所以拜託把妳妹妹嫁給我吧。』不過姊姊知道我不喜歡他，根本不予理會。姊姊總是把他擋在門外，還以報警威脅他。」

岩老爹心想洋次做得這麼過份，難怪人家會害怕他。

「有件事我只有向我先生提起。其實在姊姊失蹤的前兩週，我和姊姊還有鈴木三人在這裡談判。當時我已經和佑介訂婚，可是鈴木依舊死纏爛打，我擔心得要命於是向姊姊哭訴，姊姊決定替我出面解決。她是個見過世面的人，她認爲反正鈴木都已經知道這間大廈了，沒必要躲躲藏藏，乾脆就在我們的地盤談判，於是決定把鈴木找來這裡。」

據說當時美佐子爲了緩和現場的氣氛，端了一些威士忌給洋次，並且耐心地勸他。

「可是這人完全聽不進去，竟然中途離開了。兩個小時後醉醺醺地打電話給我，咆哮說：『走著瞧！』。」

「你記得有這回事嗎？」岩老爹問洋次，他歪著頭不回答。

「唉，我看你是無藥可救了。」

「小鞠，這是眞的嗎？」節子驚恐地縮起脖子。「我第一次聽到這件事呢。眞有這回事嗎？妳姊姊就是在這件事之後才失蹤的嗎？」

「是啊。」鞠子緊咬著嘴唇說：「我也覺得很恐怖。所以一直欺騙自己，試著不再去想這件事。再怎麼說，我也不想相信鈴木會做出這種事……」

洋次總算抬起頭低聲呢喃。

「妳想說什麼？」

佐佐木先生開口：「我們想問你，是不是你殺了美佐子小姐。」

這一刻的沉默彷彿孕育出無形的銳利尖牙，使得洋次的表情糾結起來。

「怎麼會……我怎麼會做出這種事……」

「因爲你嫌我姊姊礙事啊！」鞠子的怒吼爆發開來。

「因爲你不高興姊姊勸你放棄我！於是殺了她，把屍體和衣服還有皮箱一起帶出門，假裝她失蹤了，對吧？你到底是什麼時候動手的？什麼時候？你找了什麼藉口引誘我姊姊見你？還是說你又打電話給她？你動手之前，我姊姊確實和你談過吧？不然姊姊怎麼會打電話要我『小心尖牙與利爪』？『尖牙與利爪』指的就是你吧？」

「我聽不懂妳在說什麼。」

鞠子開始嚎啕大哭，佐佐木先生代替她，語氣低沉地說：「據說你說過你自己就像《尖牙與利爪》裡的主角。」

在洋次還沒回答前，節子搶先開口：「沒錯。我也聽你說過。小鞠的姊姊留下『尖牙與利爪』這句話失蹤後，大概過了十天或是兩週左右吧，我們在午休時間聊起這件事，結果你突然插嘴進來說：『我知道《尖牙與利爪》這本書，是講一個男人爲了心愛的女人犯下兇殺案的故事。我就像那小說裡的主角，我也願意爲了自己心愛的女人赴湯蹈火。』你說過吧？我全記得呢！」

岩老爹抬頭望著鞠子問道：「鞠子小姐，妳接到姊姊的電話後，可曾把電話內容告訴大家？」

「有的。因爲我想了解『尖牙與利爪』的意思……」

「結果有人知道它的意思嗎？」

「是的。出納組的課長知道，他告訴我那是巴林傑的小說。」

洋次一邊吞下口水一邊開口：「我在聽到這件事後才去看了《尖牙與利爪》。在這之前我根本不曉得！直到鞠子的姊姊失蹤前，我根本不知道有這本小說啊！」

「誰會相信你！」

洋次的聲音潰堤。「我，我沒殺任何人！」

淚水沾濕了鞠子的臉頰，脫妝弄花了她的眼部，她說：「我也希望如此，我試著相信姊姊的失蹤另有隱情。可是已經不行了，我已經忍無可忍。而且你又在結婚禮物上開那種玩笑，你到底想幹嘛？什麼叫『尖牙與利爪』？你寫下那些字，以此沾沾自喜是不是？事情可沒那麼容易。我看到那些塗鴉，頓時想通了。你可以爲了死纏我，做出那些偏激的行爲，這麼說你也可能殺了我姊姊。今天我會請大家聚集在這裡，就是爲了蒐集你過去那些行爲的證據。我會一一舉出證據，一定要把你交給警察。姊姊在被殺之前提醒了我，我絕不會辜負姊姊的用心！」

在鞠子大喊「滾出去！」之前，洋次早已背過身來逃出門外。房裡只剩下鞠子的啜泣聲和大夥兒筋疲力盡的氣氛……

片刻過後，沉默以久的本橋終於開口了。

「最好調查一下美佐子小姐失蹤當天鈴木先生的所有行蹤。」

「我們已經打算這麼做了。」佐佐木先生回答他。

「我可以替你們介紹不錯的徵信社。就算是狀況證據也好，如果要報警，必須盡可能多蒐集一些證據。」

佐佐木轉頭看了看岩老爹說道：「到時候可能需要請你正式替我們作證。」

岩老爹呆滯地回答：「啊，是的。」

4

岩老爹在電話中聽到案子的後續經過。

調查的結果對鈴木洋次越來越不利，他沒有美佐子失蹤當天的不在場證明。便當店的工作在下午兩點結束，之後他便去打柏青哥或是看電影，全是單獨行動。看來這名青年雖然遊手好閒，但並不會成群結黨做壞事，只是渾渾噩噩度日罷了。鄉下的父母還以為他在唸大學，每個月固定寄錢給他，如果這筆生活費夠充裕，他大概也不會想做便當店的工作吧。

「這種米蟲，談戀愛倒還挺用心的。」稔看透了洋介的個性。今天是非假日，所以這次對話是在電話中交談的。

「媽媽在旁邊偷聽，她問我們到底在聊什麼？」

「跟她說你在修人生學分。」

「跟爺爺修人生學分或許可以拿滿分吧，不過眞正的必修科目可能會全當掉喔。」

岩老爹隔著話筒聽見媳婦罵說：「傻孩子，別亂講話！」不禁咯咯大笑。

「爸爸，不好意思。」媳婦搶走稔的電話急忙辯解。

「沒事沒事。」岩老爹說：「花了將近二十年，妳總算越來越像岩永家的人了。嗓門變大就是最好的證明。」

稔奪回話筒之後說：「爺爺。」

「什麼事？」

「你認爲是鈴木殺了美佐子小姐嗎？」

岩老爹思考片刻後據實回答：「不知道。」

「如果他是兇手，整件事就通了。」

「應該是吧。」

「不過我還是有些疑問。」稔擤了鼻涕，似乎感冒了。「假設鈴木殺了美佐子，在行兇後將她的衣服裝在皮箱帶走，假裝她是離家出走。你想我長大到二十五歲時，能像鈴木那麼機伶嗎？」

「那是永遠沒有解答的謎題呀。」岩老爹說：「而且鈴木洋次是二十三歲。」

「是喔。那麼……，那就更怪了。美佐子小姐不是在酒吧工作嗎？她的裝扮和一般的大學女生差很多吧。可是鈴木洋次卻能夠正確選出她的衣服。如果他選錯了，鞠子小姐事後檢查，一定會查覺不對勁……」

岩老爹沉默思索。

「爺爺，你一頭栽進這樁案子，是你自願的嗎？爲什麼？」

「可不是我一頭栽進，我是被捲進去的。」

「可是你想知道結果吧？」

「嗯……」

「爺爺，你是不是不高興有人塗鴉在小說封面上？所以你特別在意這件事的結果吧，一定是這樣。」

岩老爹猶豫該怎麼回答，這時候稔又說：「媽媽說差不多該掛電話了。」

岩老爹雖然充滿活力，但一到一週的中段還是容易顯現出疲態。田邊書店有兩個工讀生，但這些孩子不像稔那麼賣力，因此加重了岩老爹的負擔。

這種時候因爲太累，打烊後他懶得回公寓，常直接睡在辦公室。就因爲如此，週三半夜才能夠僥倖抓到小偷。

不，說他是小偷也不對，擅自從店裡帶走書本那才叫小偷，但默默將書遺留在店裡的人該稱他爲什麼呢？

「我們店的鐵門壞掉了，只要稍微一碰就會發出巨大聲響。」岩老爹抓起棒球棒衝出店門口，對那名男子說道。「我眞是同情你，這次有沒有記得把固定資產稅的催繳名信片抽走呀？」

他就是前幾天買走教祖的一生全集五本的那名男子。今夜又將這些書原封不動抱回來了。他不知所措，尷尬地笑說：「這次我把簽名的部分剪下來了……」

男子說他太太完全迷上這個新興宗教。

「她太熱衷於宗教活動，天天睡在道場，幾乎不肯回家了。」

男子約四十歲後半吧。夾雜在眉毛中的白髮顯得格外心酸，讓岩老爹不由得憐憫他。

「內人買了這些自傳後，一拿回家便恭敬地擺在書櫃上，要我們邊拜邊讀，還說這樣就能幸福。哼！孩子在一旁已經無言以對了，她竟然頭也不回地又回道場去了。」

「所以你才把這些書拿到舊書店，因爲光看就討厭，對吧？」

男子無力地低頭。

「你也太老實了，乾脆丟掉不就好了。」

「可是我沒辦法丟書呀，再怎麼說它也是書嘛。」男子搖搖頭說：「所以我更氣不過，他們怎麼可以出這種不要臉的書呢。因爲做成書，我就拿它沒辦法了。」

岩老爹最喜歡這種人，忍不住想請他吃頓早餐。

男子食慾大開，他說平時根本沒好好吃早餐。

「別再奢望你太太了，先想想你和孩子該如何分擔家事吧。」

「是啊。」男子回應著又要了第三碗飯，飽足後他的話也多了。

「我是個技術人員，負責管線裝設之類的工作。過去做了許多大型發電所還有煉油廠的儲存庫，經常出差或調派到外地，無法時常陪在內人身邊，但又有什麼辦法，這是工作啊，我們就是靠它吃飯。」

「沒錯。」岩老爹附和他，不過岩老爹過去做木材行既沒有調派也不需要出差。

「內人之所以迷上宗教，我得負起一半的責任。不過她也太不瞭解這個社會的險惡。不只是她，她們信眾全都有這個毛病，隨便唬弄就被騙了，然後把一些不値錢的東西當成『神明降世』膜拜。我跟你說，她們道場對面有個斗大的祭壇，內人一直說那裡有多漂亮，吵著要我去看。我去看過一次，所有信眾都跪拜在榻榻米上，膜拜一個身穿類似白無垢（註）的巫女，巫女在祭壇前面生火。過沒多久，道場牆上緩緩浮現出阿彌陀如來像，信眾們開始瘋瘋癲癲，狂喜慶賀。眞是太可笑了。」

「是喔……，所以說其中有玄機囉？」

男子叭的一聲拍了下膝蓋說：「有的！大有玄機呢！那是一種叫做機能性塗料的東西，它可以感應溫度落差，隨溫度顯現色彩。常溫下不會顯現顏色，但一旦生火、室溫上升，顏色便顯現出來，就會看見用機能性塗料畫出的阿彌陀如來像。事情就這麼簡單。」

岩老爹恍然大悟，急忙問道：「你說的機能性塗料，一般人也買得到嗎？」

「可以啊，只要知道怎麼用，外行人也買得到。」

「那還有其他種類嗎？例如低溫才會顯現，或是感應濕度才會顯現。」

「種類很多。化學工廠需要嚴密控管溫度才能夠保護管線，所以我們常使用機能性塗料。塗上它就可以用肉眼看出溫度變化。飛機的機體上使用的塗料，是從槍烏賊的肝臟取出來的色素。因爲那種塗料的粒子非常細，能夠充分吸收光線，所以一眼就能夠看出機體金屬疲勞的部位。」

岩老爹已經聽不進去男子之後說的話了，他驚訝地想著：「唉呀唉呀，難道這是教祖的指引嗎……」

之後幾天，岩老爹把書店交給兩名工讀生，自己則出外到處找人。天天都是下雨天，雨傘也沒空晾乾。

首先，岩老爹到了飯店找本橋，他在自己的地盤上，表面態度慇懃卻又格外高傲。他聽了岩老爹的說明，半信半疑地拿出鞠子提供的塗鴉書，和岩老爹一同前去找丟棄教祖自傳的男子。

男子擔任工廠的主任，在公司內頗有地位。他早已向研究室打過招呼，讓岩老爹能夠順利檢驗塗鴉書。

結果不出所料。

下一個工作就是找出樺野俊明。要找出這位年輕刑警，需要帶著捕蟲網的心態尋找，因爲平常時間鮮少能夠接近或是巧遇俊明。那天終究沒遇見，隔天週四，岩老爹苦等一整天總算逮到他。

「你說什麼？」這是俊明開口的第一句話，他看岩老爹頑強不答話的模樣，只好投降說：「好吧，算了。就當我被你騙了，替你調查一次吧。」

隔天週五，岩老爹待在店裡等待俊明的報告，這時佐佐木夫婦突然造訪。他們說告發鈴木的文件終於齊全，已經準備要去報案了。

「但是，我希望給他最後一次機會。」

「機會？」面對岩老爹的疑問，鞠子眼神嚴肅地點頭說：「是的。我希望他能夠自首。這樣不是能減輕罪行嗎？」

佐佐木夫婦回去後，俊明來電，岩老爹推開書堆接起電話。

「找到了。」俊明說：「在新潟縣南部的山中，三月下旬的春雨導致這一帶發生小規模的土石

註：日本傳統新娘禮服。

崩，所以才會找到它。」

「不是全部吧，警方找到哪個部分？」

「先發現左手，接著找到頭部。」俊明的聲音變了，大概是因爲皺起眉頭了吧。「遺體的牙齒被敲碎得七零八落，難道兇手想掩飾遺體身分嗎？」

「這個方法有效嗎？」

「不，幾乎無效。除非在近距離將子彈射入口中，否則還是會遺留線索。法醫齒科學已經非常進步了。」

岩老爹喃喃自語後問道：「你們查出遺體身分了嗎？」

「還沒，不過會查清楚，只是時間早晚問題。」

應該是吧，岩老爹也這麼認爲。

到了週六下午，稔來店裡幫忙。梅雨季的間隔期間，天空出現晴空萬里的好天氣，難得見到久違的陽光，然而岩老爹卻睡眠不足，帶著一張苦瓜臉迎接孫子。

稔疑惑地問他：「你怎麼了？」

「搶救人命呀。」

在這一段令人不解的對話後，兩人貼著頭竊竊私語。那天深夜，兩人的行動更是匪夷所思。

兩人身著黑衣黑褲，帶著手電筒出門了。

「爺爺，你眞有勝算嗎？」

「交給我吧！」

但是到了清晨，兩人搖搖頭回到家。隔天週日，晚了一個小時開店，不論是坐在收銀台後的岩老爹，或是整理書櫃的稔，兩人都帶著一臉半死不活的疲倦神態。

然而週日的深夜，他們又出去了。

那天又是個好天氣，夜空星星閃爍。照理說稔必須在最末班電車發車前回家，但因要事無法脫身，結果又忙到清晨，兩人才拖著疲憊的身軀回到家。

「請個兩、三天假也無所謂啊，不至於被退學啦。」稔是這麼說，但爲了維持和媳婦的良好關係，下午岩老爹還是讓稔搭上橫須賀線把他送回家。

稔回去之後，天空開始哭泣了。滂沱大雨彷彿要贖回被幾天來的晴天占去的日子，隨後轉爲綿綿細雨，提醒凡間的人們，季節仍停留在梅雨季。

這天光顧田邊書店的客人一邊望著雨勢，總聽見岩老爹喃喃自語說：「對嘛，是我太笨了。一定是今晚，不會錯了。」

當晚，俊明帶著手電筒陪伴岩老爹出門，他是唯一能夠代替稔的人。

不過他不停地問：「眞的還是假的？」唯有這一句台詞有別於稔。

當晚，如果有人在田邊書店前等待岩老爹回來，那麼他必須苦等到早上。那天他們終於中了吃角子老虎的大獎，活生生地「逮」到犯案現場。

他們活逮了佐佐木佑介與鞠子夫婦，兩人在鈴木洋次的公寓附近，試圖將他從橋上推下水。

洋次全身虛弱因而昏厥，濛濛雨絲滲入他的身體。他身旁有一雙被人脫下的球鞋，裡頭塞了一封「遺書」，字跡因雨水暈開了。

隔週週末，稔語帶諷刺地說道：「爺爺，你這次的功勞不輸給偵探呢。」

破案後，岩老爹接受警方的盤問，又遇上眼尖的記者緊追不捨，害得他這整週幾乎無法做生意。岩老爹輕輕搥了孫子的頭，哼哼冷笑地說：「老人家自不量力呀，再也不淌這種渾水了。」

不過被人誇獎並不是件壞事，正因爲如此，他故意裝出一臉不在乎。

「有些事我還是不大了解。這到底是怎麼一回事啊？爺爺怎麼知道這整件事是他們兩人設計的呢？」

「也沒什麼大不了。你慢慢想就能夠開竅。」

那個賣教祖自傳的男子提起機能性塗料時，岩老爹忽然察覺這個案件的蹊蹺，一切就從此開始。

「我忽然想到，禮物上的《尖牙與利爪》這句話，或許就是使用同樣方法，所以請研究室幫忙調查，結果『賓果』！那些文字是利用低溫發色的機能性塗料寫上去的。」

「低溫發色……」

「這就是這整件事的關鍵。」

「我不懂。」稔含笑說：「別賣關子嘛。」

「後來我向飯店的本橋先生確認。禮物不只一樣，總共有三種。其中有……」岩老爹忍不住露出笑容。「有蛋糕。喜宴上的禮物少不了的東西，就是蛋糕。」

「是啊。不過，那又怎樣呢……」說到一半，稔突然大喊一聲，「啊！對喔！乾冰對吧？」

這個季節通常會在蛋糕盒中放入小型的乾冰。冰涼的乾冰讓機能性塗料文字浮現在封面上。

「如此大費周章的惡作劇，唯有熟知禮物內容的人才辦得到。這麼一來，答案已經很明顯了，鞠子小姐最可疑。」

「不過，她為什麼要做這種事？對她有什麼好處呢？」

「你想想看，鬧出幽靈文字的事件後，發生了什麼事？」

「鈴木洋次被人懷疑殺害了美佐子。」稔彷彿確認自己說出的每個字，一字一句緩緩說出，「不，這也是鞠子提起的。是她先說姊姊被鈴木洋次殺害，接著我們也被捲進去了。」

「沒錯。」岩老爹點頭。「這就是她的目的，她試圖嫁禍給鈴木洋次。」

「所以，殺害美佐子小姐的真正兇手是……」

「沒錯，我懷疑是佐佐木佑介和鞠子他們兩人，若果真如此，下一步動作便是殺人滅口。所以才會在半夜堵人囉。」

據佐佐木夫婦的供詞說：「當初是由鞠子提議殺害姊姊奪走遺產，而謀殺計畫的發想者則是佑介。」

「當初他們想得非常單純。只要殺害美佐子，埋藏屍體後把她當成失蹤人口，接下來只需要憂心忡忡地報案就行了。因為美佐子有私奔前科，就算報案尋人，警察也不會認真找人，他們早有盤算囉。他們只需要等待時間過去，而且這是有期限的。只要七年後，等到警察宣告失蹤，美佐子在法律上便成了故人，鞠子即可大大方方繼承遺產。有什麼比這個計畫更周全呢？」

稔睜大了雙眼。「是沒錯啦，不過他們怎麼能夠等那麼久？如果為錢殺人，這會不會太沒效率了？不能夠立即獲利啊。」

「事情可沒那麼簡單。美佐子是個能幹的人，她除了擁有那間房子外，還有存款跟別的積蓄，而且還是現金呢。客廳牆上的畫作後面有個隱藏金庫，她把現金藏在那裡，鞠子知道這件事。」

「放了多少錢？」

「現在還不知道確切金額，不過警察調查時，還剩四百萬圓。佐佐木夫婦把金庫裡的錢花在喜宴、蜜月旅行還有購屋的頭期款，現在卻還剩這麼多，所以原本應該有一千萬圓左右吧。」

「太厲害了。」稔呼地吹了聲口哨。「如果有那麼多錢，我就懂了。先拿一千萬，七年後還有全部財產，而且不會被任何人懷疑，這計畫太妙了。不過為什麼後來會搞得那麼複雜？」

「這就好笑了。」岩老爹掩不住苦笑，「佐佐木鞠子雖然知道姊姊有金庫，卻不知道如何開啓。她必須在殺害美佐子之前問出打開金庫的方法，她需要鑰匙的藏處和金庫密碼。」

殺人者是佑介，他強勢逼問美佐子，但要美佐子鬆口也沒那麼簡單。

「美佐子可能試圖掙脫。」

佑介逐漸失去耐性，美佐子重複地說：「鑰匙在尖牙與利爪裡面。」但佑介不懂，逼問她到底是什麼意思，她卻只是一再重複說：「尖牙與利爪裡面。」

「她想藉此拖延時間，想辦法逃走吧。不過佑介已經失去理智，事到如今，不能再回頭了。他竟在還沒問出重點之前就殺害了美佐子。」

隨後佑介急忙打電話到鞠子的辦公室。

「鞠子說姊姊失蹤當天打電話告訴她：『小心尖牙與利爪』這全都是謊言。那通電話是佑介殺害美佐子後打來的。他八成是打來問：『鞠子，美佐子說鑰匙在尖牙與利爪裡面，你知不知道她在說什麼？』。」

鞠子聽到後也不知所措，對身旁的同事宣稱：「姊姊打來說一些莫名其妙的話。」她想藉此問出「尖牙與利爪」的意涵。

「結果，美佐子的鑰匙和密碼果眞藏在《尖牙與利爪》當中。」

《尖牙與利爪》和其他小說不同，它在出版時將解謎部封起來了。美佐子書櫃裡的《尖牙與利爪》當然是早已拆封，封紙卻留在書上，而鑰匙和密碼的小抄就貼在那張封紙內側。

這和藏私房錢有異曲同工之妙。人們費盡心思藏匿錢財以防遭人發現，卻往往忘了自己藏到哪裡去了。美佐子也擔心自己忘了，於是在隱藏鑰匙和密碼時，選了一本外型特殊的書，即便忘了書名、忘了位置也能夠立即找出它。

佐佐木夫婦找出鑰匙，拿到錢後開始過著揮霍無度的日子。當然，他們老早將美佐子的《尖牙與利爪》丟棄了。

然而，由於多日來的春雨導致土石崩，美佐子的部分遺體竟被人發現。

兩人慌了，只要發現遺體，警方終究能夠查出死者身分。當初爲了以防萬一，打碎了美佐子的牙齒，但仍舊無法放心，於是……

「他們想在遺體身分曝光之前，先行捏造另一個兇手。」

雀屛中選、成了這個悲慘人物的人，正是死纏著鞠子的鈴木洋次。鞠子首先在喜宴禮物上動了手腳，接著利用了岩老爹，因爲他正好看過洋次本人。

「那天我們聚在美佐子家中，大夥兒一起爆料，把洋次過去的行爲攤在檯面上，而且全是事實。洋次確實是個無藥可救的傢伙，不是跟蹤鞠子就是徘徊在她公寓附近，或是試圖闖空門，壞事做多了。又加上平時遊手好閒，無法提出不在場證明。於是佐佐木夫婦便改變時間順序，捏造他的行蹤。這次的事件應該給了洋次最好的教訓吧。」

「被人陷害成殺人兇手，還差點被殺呢。」稔笑說：「他說鞠子確實曾找他到家中，那也是眞的囉？」

「是啊。那也是鞠子佈的局，她打算捏造對洋次不利的證據。」

「實在可憐。」

「還有，洋次會知道『尖牙與利爪』，也是因爲鞠子到處放話，他聽到後才去看這本小說。佑介殺害了美佐子後打電話給鞠子，鞠子當時必定相當狼狽慌張，忍不住到處問人：『尖牙與利爪是什麼意思？』這個行爲導致他們得花好一番功夫，將洋次與『尖牙與利爪』串聯在一起。」

美佐子的書櫃有一本《尖牙與利爪》，已經拆封而且是本新書，這本書也是夫妻倆設下的陷阱。

「爺爺，話又說回來……」稔傾身問道：「佐佐木夫婦爲什麼不立刻殺掉洋次，還要等到週一呢？如果他們計畫等所有證詞出籠後，希望洋次在他們告發前放棄自首並自殺，那麼大可以在週五晚上殺了他呀？他們不是向爺爺報告已經備妥所有文件了嗎？」

岩老爹搓了搓人中。

「週五晚上未免太早了吧？我想他們是計畫週六。」

「那爲什麼又延後了？」

「因爲週六和週日都沒下雨。」

他們企圖殺害洋次僞裝自殺，但洋次的自殺必須起因於認罪與愧疚，而非爲了證明無罪，因此夫妻倆有必要準備洋次的遺書。洋次曾寫過數以百計的情書給鞠子，鞠子要仿造他的筆跡是易如反掌。

「但他們還是無法安心。擔心若沒有雨水模糊字跡，在筆跡鑑定後恐怕立刻穿幫。所幸現在正值梅雨季，等個幾天，必定又會下雨。」

稔靠在椅背上，仰頭望著玻璃窗外。「雨，眞是下不停呢。」

「果眞是有名無實的六月呀。」岩老爹說。

「那是什麼意思？」

「咦？你不知道啊？六月又叫水無月（註）。」

稔思索片刻後說道：「鞠子小姐的六月新娘也是有名無實囉。」

岩老爹沒回答，稔忽然說：「英文的『尖牙與利爪』其實在片語上有另一種意思。」

「是嗎。」

「翻成日語是『拼了命』的意思。」

註：日本舊曆對六月的別稱。

「我不太喜歡這個字眼。」

「嗯，我也有同感。」稔說。「我覺得拼了命做的事，通常沒好事。」

「爺爺也這麼想。」

「不過……」稔繼續說道：「爺爺不也是拼了命想要活久一點嗎？」稔在岩老爹出手打他之前迅速逃開了。岩老爹撲了空，推垮了收銀台旁的雜誌堆。

他們一老一少的關係總是如此，整天打打鬧鬧。

2 chapt

第二章
默默走了

1

永山路也接獲父親猝死的消息當時大約是晚上九點多，他回到員工宿舍的房間，發現答錄機裡有一通留言。

他一時之間無法瞭解留言內容，倒帶重聽兩次，總算瞭解狀況。

老爸死了。

他口中喃喃自語，離開電話旁，穿過六個榻榻米大的房間，進入洗手間，慢條斯理地細心清洗自己的雙手。

他下班回家第一個動作就是洗手，負責現在的職務後這就成了他的習慣。他必須整天帶著手套工作，然而黏答答的感覺仍舊留在雙手上，就連甜膩的氣味也伴隨而來。

他隨時準備好兩種肥皂。首先使用具有消毒殺菌效果的肥皂，接著使用含有香草精油的，它可以滋潤雙手肌膚。起初他只使用第一種肥皂，結果造成雙手嚴重龜裂，導致脫皮及指甲斷裂，因此想出了現在的方法。路也選肥皂就像女生選擇洗髮精，他洗兩次手，就像女生洗兩次頭。

事情來得太突然，害得路也驚慌失措。留言中聲稱是父親公寓房東的男子說：「好像是心臟病發作。」但他不記得老爸有什麼心臟病，老爸到底是死在公寓內還是外頭？

三年前母親過世後，他們家就只剩父親和他。那的確是「一個人和另一個人」。路也進了現在的員工宿舍，武男則住在老社區，在一間只有兩房的公寓內過著獨居生活。

愛管閒事的親戚們每當遇到路也就催他趕快討個老婆，接老爸一起住。

「你怎麼可以讓只靠老人年金的老父親獨居呢，太不孝了，趕緊成家立業，讓他抱抱孫子吧！」

路也最怕聽他們囉唆，所以這幾年來，他連親戚的忌日法事都不願參加。

他心想，辦老爸的葬禮時，又得聽他們嘮叨。就是因為你不趕緊成家，害得你老爸一個人默默走了……等等。

我要當喪主呀……。還沒辦喜事就在喪事中當了主人，在路也看來，這樣的事實彷彿是一種諷刺，也一針見血地點出了自己的厄運以及無趣的人生。

總之得先到父親武男的公寓去。路也緩緩起身。我為什麼不哭呢，為什麼這麼平靜呢？他邊想邊穿上外套。

當你接獲父親的死訊，你的第一個動作是什麼？如果有人這樣問起，路也肯定尷尬。

我的第一個動作是洗手，我把手洗得很乾淨。

走到外頭舉手招了計程車，坐上車向司機說明去處。倒臥在後座上，望著家家戶戶的燈火以及便利商店的招牌飛逝而過，這時眼淚總算浮現了。

老爸到最後一刻，都沒為我留下任何快樂的回憶啊。

路也想著這些事，流下些許淚水。

武男昏厥死亡的地點在公寓附近澡堂的更衣室。他出浴後，身上只綁著一條毛巾吹著電風扇，接著突然砰的一聲昏倒了。櫃檯老闆目睹現場，急忙處裡這緊急的狀況。他回憶說：「你老爸完全沒有痛苦的模樣。只是年紀輕了點……，六十五歲是吧？雖然有點遺憾，不過算是死得安祥吧。」他口氣粗俗地說著，拍了拍路也的肩膀。

「死得那麼平靜，這老爸算體貼兒子呀。」

確實如此吧，路也也這麼認爲。老爸並非長期臥病在床，也沒變得痴呆需要人照料，他就像忽然消失般往生了。

據說澡堂的老闆叫了救護車送他到醫院，雖然做了緊急處置，然而抵達醫院後半小時便宣告死亡。聞訊第一時間急忙趕到醫院的人是公寓房東，他打了好幾通電話到路也的公司和員工宿舍，但始終聯絡不上，只好留言告知死訊。房東在陳述這段過程時，眼神中流露出愧疚與責難兩種迥異的情感。路也面對澡堂老闆和公寓房東兩人的情緒，並未做任何反應，也沒說明自己當時在哪裡。

父親武男和公寓其他住戶只有點頭之交，不過和房東倒是親近。大概是因爲兩人年紀相仿吧。三個月前武男開始感到身體不適，而這件事也是房東告訴路也的。

「他說胸口悶痛，我勸他及早到大醫院接受診斷。」房東面帶愁容地說。

「父親不喜歡看醫生。」

「沒錯。基本上，他根本不喜歡外出，既不看電影也不出去散步。不過他倒是會固定到附近的內科診所，大概是爲了拿藥吧。」

他的確在那間診所拿藥。診所的醫生說武男有初期的狹心症，勸他戒掉菸酒、避免泡熱水澡以及劇烈運動，也開了一些藥給他。

毋庸置疑，他千眞萬確是因病去世。路也感慨這很像父親的作風。還昏倒在澡堂的更衣室呢，這太像父親會做的事。

路也在醫院的太平間見到父親遺體。他在醫院過了一夜後，隔天帶著棺材回到公寓。一回到家發現房內已經布滿垂簾，大家開始準備守夜了。

路也身爲喪主，卻不需要做任何事。武男的弟弟，也就是路也的叔叔，愛出鋒頭又愛發號施令，萬事都在他指揮下迅速搞定。在大家分頭忙碌之下，路也就愣愣地來到了火化場。就連出殯前的致詞，也是由叔叔寫的草稿，路也只要照稿唸就行了。

路也想起母親生前的事。有一回她參加親戚的葬禮，回來時莫名興奮地說：「我沒看過哪一場喪事不發生爭吵。」

她說：「大家總愛爲一些事爭吵。例如燒香的順序、誰致詞、誰坐禮車、誰坐遊覽車等等，任何芝麻蒜皮的事都可以吵。不過，其實換個角度想，爭吵也算是一種紀念往生者的方式吧。」

母親的葬禮上，確實出現幾起爭吵。母親的親戚吵說：「爲什麼不送她到好一點的醫院！」另一個人回答：「放什麼馬後炮，當初爲什麼不早點來探病？」兩人就這樣吵了起來。

父親默默地看著這個景象，完全不插嘴。路也記得他只是在一旁抽菸，或者吃著葬禮饅頭（註）。

他不肯插嘴，是不是因爲他記得母親說過的話：「爭吵也算是一種紀念往生者的方式」，還是只因爲不想淌渾水？如今路也也無從得知了。

就連老媽的葬禮都有人吵架，不過老爸的卻安然無事呢。路也在告別式的途中，時而抬頭望著遺照有感而發。

老爸的人生眞是平淡無奇呀。

父親的人生無風無浪，猶如果凍狀的大海。他懶洋洋地活在其中，然後簡簡單單地走了。路也想著想著，忽然看到父親過去的同事及部下燒香時哀慟的表情，一股怒火頓時上身。

老爸沒對你們做任何事，沒做壞事也沒做好事，你們也很清楚這一點吧？既然知道，何必裝得那麼悲傷呢！

抱著骨灰罈回到公寓時大約是下午五點。武男的公寓太窄，不適合宴請慰勞前來幫忙的親戚以及鄰居們，於是將餐會地點搬移到另一個地方，這也是叔叔的安排。

安置骨灰，打掃了房間，將家具搬回原來的位置。葬禮告一個段落後，葬儀社的負責人忽然叫住路也。他一邊摺著藍白雙色的垂簾說：「先生，你知道這個嗎？」

「什麼東西？」

對方手指著武男寢室的角落，一個細長的書櫃。守夜和告別式期間有垂簾蓋在它上頭。

對方的表情透露著些微的好奇心，路也覺得詭異。

「什麼東西呀？」

註：饅頭是一種日本點心，在日本葬禮上習慣分送饅頭給列席者。

路也以跪坐的姿勢靠近書櫃，一窺究竟。那是個廉價的組合式書櫃。

接著他發出「啊？」的聲音。

「對吧，很奇怪吧。」葬儀社的負責人說道：「令尊寫的書嗎？」

「什麼？」

「我是說，裡面所有的書是不是令尊寫的？所以他才會保管在這裡吧。」

路也啞然地望著書櫃。

武男從來不曾有過像樣的嗜好，但偶爾會看看書，多半是廉價的文庫本，內容也不一而足。他退休又失去老伴後，開始愛逛書店買書。

父親生前，路也最後一次進到這個公寓是在母親的第三個忌日，也就是大約一年前。當時這個書櫃裡塞滿了許多文庫本和雜誌，雜亂不堪從未整理。

而如今那些書全都消失了，換成現在的模樣。

書櫃中幾乎毫無縫隙，依照所有書的高度和書背整整齊齊地排好。路也用眼睛掃過一次，再數了數數量，總共有三百零二本。這麼多書排列得完美無瑕，整齊劃一。

這也是應該的，因爲書櫃裡的書全是同樣的書——這裡擺滿了三百零二本一樣的書。

2

路也的公司在員工雙親過世時准許特休四天。守夜和告別式花了兩天，還剩兩天假。

這個休假有了預料之外的用途。忙碌的親戚們早早返家後，路也決定獨自留在武男的公寓。這麼多書到底是哪來的？全是同一本書，爲什麼要買這麼多？

這應該叫做四六版吧，普通書籍的大小，但封面紙張相當薄，毫無份量。書本身的厚度只有一公分左右。頁數爲一百二十五頁，輕薄得沒話說。

書名是《揮旗叔叔的日記》，作者爲長良義文。封面背後刊登了作者的特寫。與武男同一個世代——不，或許稍微年輕一些吧——的男性。他的長相讓人聯想到水煮馬鈴薯。頭上禿得精光，更加重馬鈴薯的印象。想必作者親自挑了比較上相的照片，然而雖然有一張和藹的笑容，但那張國字臉讓人猜想他應該是個相當頑固的老人。

葬儀社問他那是不是父親寫的書，路也很清楚父親不可能寫書。因爲他這一生沒什麼事好寫的。

永山武男終其一生就只是個小公務員。他任職於監理所的分所，雖然偶有異動，但四十二年的公職生涯中，後半段的二十年只專門負責檢查車輛登記事務。窄小的辦公桌和招呼眾多訪客而傷痕累累的櫃檯，武男就是穿梭在這兩個點之間，賺取微薄的薪資。

武男在監理所處裡被交付的工作，休息時間則去抽抽菸、喝喝女職員泡的粗茶，穿壞了幾十雙——不，幾百雙保健拖鞋。這四十年來，他買拖鞋的鞋店從未變過。最後終究升不了官，上級意思意思替他冠上「主任」的頭銜，事實上他就以小職員的身分迎接退休。

父親這樣一個人的人生，到底有什麼好寫？他去監理所上班就像呼吸一樣自然。早上搭乘八點二十分的公車，下班則搭乘五點半整的公車返家。一年只有兩次晚回家，四月三日的迎新會，以及十二月一日的忘年會。就算在這兩天，他回家也不會超過十點。

這樣的人生到底有什麼好寫？

三十歲時相親結婚，住進兩房一廳的員工宿舍直到退休爲止，他也不曾想過擁有自己的房子。不，事實上母親曾希望利用退休金和存款蓋房子，但武男卻說：「幹嘛那麼麻煩。」計畫就這樣擱置了一段時間，後來母親住院過世，這個想法也無疾而終。

他沒有任何嗜好，假日時只會呆呆地望著電視。路也根本不記得父親陪他玩過投接球，或帶他去看棒球賽，更記不起兩人是否曾一起逛過廟會的小吃攤。父親假日時總是懶洋洋地躺著度日，明明在監理所上班卻沒有駕照。

父親這一輩子從不願意主動做一件事。或許他認爲，既然生在這世上，就得好好活下來，爲了生活而繼續工作，但沒有多餘的力氣再付出任何義務。

這樣的人生會有什麼動人的劇情，需要寫成文字留給後世？有人說：「任何人的一生都能夠寫成一本小說。」若眞有其事，武男出生的那一瞬間，就立刻將這個權利讓給別人，換來記錄簿般單調的生活。父親在路也眼中就是這樣一個人。

沒錯，葬儀社負責人的猜測很符合一般常識。一個人將同樣的書塞滿整個書櫃，通常那些書不是自己的著作就是家人的著作。但這次卻不然。武男把外人寫的書敬重地擺在書櫃中，猶如珍貴的收藏——這，到底是怎麼一回事？

他用武男坑疤不平的水壺燒開水，喝了即溶咖啡後開始閱讀《揮旗叔叔的日記》。首先翻到書末，發行日是今年五月一日，還沒過半年，和新書沒兩樣。

書名和內容有些出入，它並非作者以日記形式記載自己的生活，重點在於「揮旗叔叔」這個名稱。作者長良義文於前年春季，六十歲退休後，每天下午三點到四點、晚上八點到十點，固定在住家附近站崗。他在荒川旁的小社區交叉路口，手持自製的黃色旗子，保護孩子們過馬路。

說穿了，他是個志工叔叔。不過他站的交叉路口，並非當地小學指定的學童保護路段，指定路段有眞正的志工媽媽，不需要他出馬。問題的交叉路口位在孩子們返家後，前往補習班的路程上。他站崗的時間較晚也是這個緣故。

這個區域有兩間大型升學補習班和一家珠算教室。前往這三間補習班都需要經過這個交叉口，而且又位在車站前的鬧區，因此每天會有大批孩童往來此地。但是小學不可能特意再派人到上學路段外的地方保護孩童的安全。補習班雖然招募眾多學童，卻不負責他們上下學的安全。

然而那個交叉路口卻是個危險路段，時常發生人車相撞的車禍事故。交叉的兩條路都是單線道，人們必須靠左行走，而路上卻沒有設置步道，只以白色油漆畫出步道線。

長良先生退休後，每天固定散步一個小時。沒多久他驚訝地發覺此路口的危險性，開始擔心孩子們的安危。

過了一段時間後，路況更加惡化。某個電視節目介紹了這個交叉路口中的南北向道路，宣稱這條路方便通往北邊的幹道，導致交通流量急速上升。

於是長良先生下了決心，自願當一個揮旗叔叔。

「我一生平平安安度過上班生涯。雖然自己的房子不大，積蓄也不多，但妻子和我都健康無虞，兩個兒子也順利長大成人，各自活躍於社會的一角。我可以去想去的地方旅行，想要的東西多半都買得起。我實在太幸福了。這個社會賜於我這樣的幸福，便想盡微薄的力量回饋給社會。」

有些讀者或許會從中嗅到作者的炫耀意味吧。路也沒有自己的房子，也並非活躍於社會的一角。他就是嗅到這股炫耀味，然後重新深思，父親爲什麼會買這本書呢？

序章附帶上述前提後進入正題。從前年四月到今年二月底，記下揮旗叔叔在交叉路口的所見所聞、與孩子們的交流、對非法駕駛者的憤怒、觀察來往的汽車與車主們的感想等等，文章裝載了太多議題，敘述上毫無脈絡可言。有些部分記載了發生當時的正確日期，有些地方則連季節都無從判斷。老實說，路也看得有些煩了，父親爲什麼會執著於這種東西——要不是爲了解開謎題，他肯定看不下去。

路也讀完後，望了武男房間中唯一的時鐘，那是個小鬧鐘，時間數字旁清楚可見商店街的抽獎贈品的字樣。已經過了中午，他突然覺得肚子餓了，便決定外出用餐。

公寓週邊只有一間像樣的餐廳，那是一間套餐店，古色古香的霧玻璃拉門上用楷書寫了「寶食堂」。路也拉開拉門，裡頭坐滿了計程車司機或是附近工廠的員工，讓他等了約十五分鐘。

餐點味道出乎意外地美味，份量更是超大。用完每日套餐後，路也忽然有個想法。他向中年女店員要了一杯水，順便問她認不認識武男。她一時意會不過來，過沒多久總算說：「啊啊，昨天那邊公寓辦喪事嘛，你是說那個人嗎？」

「是的，他沒來過這裡嗎？」

「沒有耶。我記得大多數的客人，不過沒見過他。」

店面外還有許多客人等著進來，這裡是一家值得花時間排隊等待的餐廳，不過武男可能不喜歡這種熱鬧和吵雜感吧，他大部分的時間喜歡獨處。或許他嫌麻煩，不喜歡在套餐店和別人同桌。路也及早空出位子離開店裡。

他回到房間，不由得注意擺滿同一本書的書櫃，卻又不知如何是好。

原先路也有些許的期盼，或許閱讀完這本書後，即能了解武男狂買書籍的原因，例如武男可能是出現在文中的配角等等。

路也自認爲已經看得夠仔細了，卻未發現這樣的劇情。從印刷廠及裝訂公司的名稱、到設計封面的畫家名字都檢查過了，裡面沒有路也立刻認得出的名字。書中並沒有熟人或親戚……

他搜了搜廚房，找到因茶垢變成褐色的茶壺，以及蓋不緊蓋子的茶罐，並從廚櫃取出一個客用的達摩圖案茶杯。他忽然發覺其中的異樣。

五個一組的茶杯中，四個亮白如新，唯有一個茶杯中殘留著茶梗。

難道有人定期來訪嗎？如今任何事都引人猜測。

路也一邊喝粗茶，再度翻起《揮旗叔叔的日記》。最後一頁刊載作者簡介。他並未仔細看它，只是呆呆地望著文字。他忽然有個念頭，決定試試採取最簡單的方法來找出答案。他想直接問作者長良先生是否認識武男。

作者簡介的最後一行是作者家中地址，有了地址查出他家電話號碼並非難事。想太多容易怯步，所以路也決定不打草稿直接打電話，視接電話者的態度再決定下一步。

令他驚訝的是，電話才響一聲就有人接起，是個女性的聲音。她應該不年輕了，聽口氣像是標準的家庭主婦。

「喂，這裡是長良家。」

路也道出自己的姓名，並且問《揮旗叔叔的日記》的作者長良義文先生在不在？不料對方突然沉默了。

「喂？喂？」

路也呼叫對方，結果換來謹慎防人的語氣。

「請問……你有什麼事嗎？」

「他不在嗎？」

「我問你有何貴幹？」

路也想了想，不需要在這個時候突然聊起複雜的原由，因此說：

「嗯，因爲我拜讀了長良先生寫的《揮旗叔叔的日記》，相當感動，或許有些冒昧，不過我想跟他聊一聊。」

對方發出微弱的嘆氣聲，然後稍稍緩和語氣說：「原來是這樣啊。謝謝你讀了那本書。你在哪裡買到的呢？」

「在書店……」

「是嗎？哪家書店？」

路也傷透了腦筋，「哪裡啊……，我只是隨意走進一家書店，所以……」

「池袋嗎？」

「啊，嗯，是的，就是那裡。」

「那一定是林林堂，是不是有個老伯在顧店？」
路也附和對方：「有、有。」
「他讓我們擺五十本在他店裡賣。那個老伯就是老闆，也是我公公的同學呢。」
「啊啊，妳是長良先生的女兒嗎？」
對方笑了。「我是他兒子的太太。」
對呀。記得長良先生有兩個兒子，兩個長大成人後活躍在社會上的兒子。
「那麼請問長良先生他……」
路也謙卑地重複同樣的問題，對方卻打斷他的話，反問他。
「那麼你不知道囉，這件事還曾經上報呢。」
「妳說他的書上報嗎？」
「不是。」對方的聲音下沉，還有些沙啞。
「公公已經過世了。今年八月底，出版後三個月的事。」
路也頓時無法開口，就連慰問的話都想不著。
後來他總算開了口問道：「是因病去世嗎？」
「你眞的什麼都不知道呢。」
我不知道，什麼意思啊？
「我公公被人殺害了。毆打致死，而且兇手還沒抓到呢。」

3

長良義文被殺了。今年八月底，晚上十點左右，他和平常一樣手持黃色旗子在交叉路口站崗，就在那裡遭人襲擊。

長良家的媳婦大概已經說明很多次了，她倒背如流，敘述這個事件的始末。

「警察說從犯案時間研判，應該不是計畫性兇殺案。」

車站前有三家補習班，晚上十點最後一批學生下課後會經過那個交叉口，長良先生看著這些孩子們經過馬路，確認他們的安全後再回家。

如果有人事先精心策劃企圖殺害長良先生，決不會選擇這個時間，因爲不曉得孩子們何時出現——這就是警方的解讀。事實上，發現「揮旗叔叔」後腦勺頭破血流趴在地上的人，正是這些孩子們。眞是令人寒心的故事。

路也也認同這個觀點，這應該是突發性的事件吧。或許是因爲長良先生訓誡亂開車的駕駛者，因此遭到對方的報復。突發性的行兇讓警方遲遲無法逮捕兇手吧。

不過，父親武男又怎麼會牽扯進這件事呢？

據長良先生的媳婦說，《揮旗叔叔的日記》是自費出版品，一共印了五百本。裝訂由長良先生以前的公司負責。這些書有的分送給親朋好友，有的擺在林林堂，還有長良先生自己在交叉口宣傳賣了一些，總共銷出了一百五十至兩百本。這樣說來，算一算，剩餘的所有《揮旗叔叔的日記》都放在武男家中。

這實在令人驚訝，路也急忙問對方。

「請問其餘的三百本到哪兒去了呢？」

長良的媳婦說：「有人一口氣全買下來了。他特地拜訪我們家，據說是一家大型運輸公司的老闆，希望拿這些書來教育駕駛員，便買了所有剩餘的書。」

路也神經緊繃，不禁吞了一口口水再問：「請問這位老闆的名字是？」

「記不太清楚呢……，好像叫永井還是永山吧。其實我並沒有見過這位老闆，只有公公和我先生見過。」

「妳先生是長良先生的……」

「長子，他在不動產公司工作。」

路也問東問西，對方終於起了疑心問道：「不好意思，能不能再說一次你的名字是……」路也便急忙掛斷電話。

接著，他花了一整個下午，翻遍武男的房間尋找蛛絲馬跡。

反正到時候也得整理這間房子，該處理的東西就該處理，該丟的東西也得丟。如果路也擅自執行這些事，不知又有誰會出面指責他。不過事到如今，路也也管不了那麼多。

老爸，你到底幹了什麼好事啊？

他毫無頭緒又有種莫名的預感，非得翻遍整個房間找出某種答案。壁櫥中有幾個擺得雜亂的空鞋盒，盒中丟了十幾張一萬圓紙鈔。路也發現它們時，已經是展開搜查後的一個小時了。

路也傻住了，一時無法回過神來。父親什麼時候開始出現這種存錢方式？數一數，一共有十二萬，金額比第一眼的印象少很多。

他決定改變方針，開始尋找父親的存摺。叔叔也說了繼承手續有些麻煩，要路也早點列出繼承清單。

找出了兩本使用中的存摺，父親將它們藏在櫥櫃最下面的抽屜裡。一本是銀行存摺，另一本則是郵局存摺。銀行帳戶專門接受老人年金，郵局帳戶則是爲了代扣水電費而開設的。

金錢往來上並無明顯可疑之處。入款來源只有老人年金，支出也頗符合一個老人過生活的金額。定存金額相當龐大，雖然對已故的父親不敬，但路也的情緒不由得興奮起來。父親從未動用退休金，他早已猜測父親應該有不少存款，但萬萬沒想到竟是一筆鉅款。他算算，父親存了將近兩千萬圓。

然而，就因爲如此，更搞不懂鞋盒裡的十二萬圓是什麼？再怎麼說，這也不可能是父親的存錢方式。

獨居的人習慣放一筆錢在身旁，以備生病等不時之需，這點路也能夠理解，因爲他自己就是如此。他隨時準備五萬圓，藏在床包和床墊之間。然而，他總覺得這十二萬圓並不屬於這類用途。

路也先將錢擺到一旁，開始檢查父親是否有記帳的習慣。記得母親第三次忌日時，父親在小本子上詳細記帳，最後做收支決算。對於金錢，父親算是相當地仔細，因此路也猜想他應該會留下一些有關生活開銷的紀錄。

路也猜的沒錯。雖不是正式的記帳本，不過父親在普通的筆記本上記載了每月的收支。收入用紅筆、支出用黑筆。每個數字旁大略加註了各項名目，如「保險費」、「房租」等。

父親在失去老伴展開獨居生活後開始記帳。帳本始於三年前的春季，當然，結束於上個月。

路也翻閱筆記本，驚覺到一件事。

收入欄有異狀。父親在離開監理所後，收入應該只有年金，但從今年六月到上個月，也就是九月為止，每月用藍筆標記有三萬圓的收入。

這三萬圓沒有任何名目。路也用手指數了數，六、七、八、九月，共四個月。

總計十二萬圓，和鞋盒內的金額完全吻合。

這筆錢到底從何而來？他繼續回溯筆記本中的紀錄。忽然一張薄薄的收據從帳本中飄下。那是一張印有商店名的複印紙。

舊書專賣店　田邊書店

住址位於田邊町二丁目五番七號，下面有電話號碼。

收據上還有購買書籍一欄表，記載每一本書的金額。最下方出現總計金額為三千四百圓，並蓋上已付款的印章。日期是今年五月十五日。

路也再度拿起帳本翻至五月分的地方，上頭用紅筆記上一筆三千四百圓，下面附註「田邊書店賣書收入」。路也抬頭望了望父親的書櫃。

路也循著地址立刻找到田邊書店。從武男的公寓步行約十五分鐘就到了。

書店位在安靜的巷弄內，走幾步就是公車頻繁往來的大馬路。巷道的寬度勉強能夠讓兩輛車通行，書店面對巷道，開在一棟小型商用建築的一樓。樓上似乎無人使用，一張斗大的招租廣告布條佔滿了整個牆面。由於樓上空蕩蕩，因此一樓的舊書店便顯得相當擁擠，高大的書架擠到門口兩側。

門口旁有個看似高中生的男孩，以熟練的動作整理堆積如山的雜誌。他倒戴了一頂棒球帽，牛仔褲的屁股口袋塞了條毛巾，手套沾滿了黑色油墨。

店門口未見其他人。路也一靠近，男孩立刻察覺人影，路也還來不及打招呼，男孩就先抬起頭來。

「歡迎光臨！」男孩精神飽滿地打招呼，說完立刻回去忙自己的事。路也猶豫了一會兒才再開口。

「我想找你們老闆。」

男孩再度抬起頭，拉了拉倒戴的帽緣，這動作給人一種調皮的印象。

「嗯，你是來賣書的嗎？」

「不，並不是。我想問問有關你們以前收購的書……」

「啊，瞭解。請稍等。」

男孩敏捷地起身，小心翼翼地跨過雜誌堆，走到門口的書架旁大喊：「爺爺！有客人！」

店內深處的門被開啓，有人回應男孩。裡頭應該是辦公室或是倉庫之類的地方吧。一個身穿皺巴巴的工作服，同樣戴著手套，看似六十五、六歲的老人現身。他挺直寬厚的肩膀快步走出來。

「就是這位先生。」男孩手指著路也，老人突然拍打男孩的頭。

「好痛！」

「笨蛋！要我說幾遍你才懂？哪有人用手指直接比客人啊！」

老人聲音低沉卻宏亮，然後對路也低頭。

「見笑了，請問有何貴幹？」

路也彷彿被他們削弱了氣勢，但或許也可以說他們替路也打了氣。總之，這一老一少的對話，打亂了路也原有的情緒。

這位大剌剌的老人正是田邊書店的老闆，名叫岩永幸吉。剛才被打了頭的少年被介紹爲「我唯一的不成材的孫子」，名叫稔，是個高一生。

路也簡單自我介紹後說明來意，說明道：「父親突然過世後，我整理他的房間時發現這家店的收據。」

在店後方狹窄的會客室中，路也與老闆相對而坐。這裡也堆了一大堆書，雖然雜亂，但打掃得十分整潔。

「這家店只有你們兩個人嗎？」

岩永老闆在自己的面前揮著大大的手掌表示否定。

「不不，稔只是來幫忙的。我們有兩個店員，不過因爲這陣子天氣不穩定，兩個人同時感冒了。沒辦法，只好找家人來幫忙。」

這時候正成爲話題的稔端著托盤和兩個茶杯探頭出來。

「什麼話嘛，沒有我，生意就做不下去囉！」

他邊說請用茶，邊將茶杯擺在桌上。稔已經脫下手套，路也瞄到他的右手，發現他整個手掌都脫皮了。路也忍不住問他：「你的手很乾燥喔。洗手會痛吧？」

稔睜大眼睛表示驚訝，看了看自己的雙手後笑著點頭。

「是啊。就算我再怎麼注意，紙張還是會吸光手上的水分。」

「是嗎？我想應該不是紙張的問題。那是因爲你整天戴著手套，手套的織布相當粗糙，其實非常傷手。」

稔一邊露出佩服的神情，一邊看了老闆一眼。老闆也對路也表示好奇。

「不好意思，是我愛管閒事。」路也尷尬地說，卻也無法立刻結束這個話題，只好勉強延續話題說：「岩永先生，你的手是不是也常脫皮？」

岩永說：「常常啊。」笑容下露出他健康的牙齒。「如果你不介意的話，請叫我岩老爹吧，客人都這麼稱呼我。」

「其實應該叫頑固的頑老爹，不過這樣太露骨了，所以大家換個說法叫他（註）。」稔做了解釋。

路也猜想老闆又要打稔了，但稔這次在老闆出手前迅速閃開。

「這傢伙只會出一張嘴，眞傷腦筋。話又說回來，你對手套有相當研究囉？」

路也不由得笑了出來：「沒那麼厲害，只是我工作上時常需要戴手套。」

「是嗎？請問你從事哪方面的工作呢？」

路也不太願意回答，但還是說了：「我在飲料公司上班，專門負責自動販賣機的補貨。」

「那很費體力吧。」

「是啊……，不過如果只是費體力也就罷了。最近講求環保，我除了負責補貨之外，還得到顧客那裡回收空罐。罐子又髒又黏，一不小心就會割傷手，所以手套是必需品。」

路也一口氣說完，同時暗自感慨自己的辛酸。

一個男子漢不該把這種工作當成一輩子的事業，路也平時工作時，心中一直有這個念頭。工作內容實在簡單，一個工讀生只要花一天就學會了。如果自己有一些業務天分，就不會只能做訂單送貨工作。如果能夠說服客戶變更商品種類，或是提出新的擺設方法，現在就不是這樣的下場。

父親武男過世當天路也不在宿舍，當天他外出的地點，其實和他工作上的煩惱有些關聯。他希望加強自己的社交能力，於是偷偷跑去上「談話課程」。

他當然羞於跟任何人說這件事。萬一讓親戚或同事發現，肯定被當成笑話。

「別談我的工作吧。」路也急忙轉換話題。他取出他在武男房間發現的複印紙收據影本，攤開在桌上。

「這是不是我父親來這裡賣書時的收據？」

岩老爹看了收據立刻點頭。「是的。不過不是你父親來店裡，而是我直接拜訪你父親家中。他

註：日文中，「頑」與「岩」的音讀同音為「がん（GAN）」，而「岩」的訓讀為「いわ（IWA）」。原文中岩老爹為「いわさん（IWASAN）」。」

說他想賣掉書櫃裡所有的書。」

「所有？」路也睜大了眼睛。「所以他把書櫃清空了嗎？」

「是的。我們把他書櫃裡的書清光了。」

「父親有沒有談到他爲什麼這麼做？」

岩老爹皺起眉頭回溯記憶。

「好像沒有呢，他並沒有特別提起。」

五月正是《揮旗叔叔的日記》出版的月份。路也在桌底下緊抓著褲子的膝蓋部位。

當時，武男已經打算收購那些書，他爲了清出保管用的空間，所以賣掉自己所有的書籍，空出書櫃的空間。

「你對這件事有什麼疑問嗎？」

岩老爹這麼一問，路也才回過神來。岩老爹歪著粗壯的脖子凝視路也。

「哦……，沒事。」路也答得彆扭。椅子咔噠咔噠發出聲響，他急忙起身離開這家舊書店。

4

老爸爲何要收購《揮旗叔叔的日記》？還謊稱自己是運輸公司的老闆，爲什麼？

當晚，路也和父親的骨灰罈睡在同一個房間，躺在扁塌的棉被上思索。

爲什麼？喂，老爸，到底爲什麼？還有那十二萬又是什麼？

每月三萬圓，從六月開始。也就是說，從《揮旗叔叔的日記》出版的隔月，每月固定收取三萬圓。

腦中突然閃過一個異想天開的念頭，路也起身坐在棉被上。

《揮旗叔叔的日記》中，描寫了交叉路口上來往的無數行人以及車輛。如果擅自拍攝他人的照片，並在未經許可下公諸於世，這將是嚴重地妨礙他人隱私。然而若以文字陳述，則免於遭人抗議，只要沒有指名道姓，或是明記車牌號碼就不成問題。

但是……

《揮旗叔叔的日記》是自費出版的書籍。而且是在作者長良義文長年任職的裝訂公司完成，印刷廠也選擇熟識的公司。

因此這算是一本完全屬於個人的書籍。它沒有經過出版商，表示這本書有極大的可能未經過出版法的正式審核。

在未經審核、作者毫不在意的敘述中，萬一出現對某人相當不利、或不願讓人知道的描述，這會有什麼後果？

老爸是不是發現了其中的危險性？

路也不瞭解自費出版的書籍在市面上能流通到什麼程度。他只知道《揮旗叔叔的日記》在池袋林林堂那樣的大型書店至少擺了五十本。或許武男在偶然中發現了這本書，並且買來閱讀。這不是沒有可能。

那些描述、那些記載，對不懂車子的長良先生而言，不會產生任何意義。他只是無心寫下它，寫完便忘得一乾二淨，長良先生不會感到有何不妥。

然而老爸則不同。永山武男長年任職於監理所，他是資深的檢查登記承辦員。如果是老爸，或許能夠立刻察覺長良先生無法發現的問題點。

它的問題點會是什麼？偽造車牌嗎？還是牽連到銷贓車的汽車竊盜集團？

總之，老爸發現了一些事實，瞭解了其中的意涵。於是……

這本書對某些人做出了「不利描述」，難道老爸去找了當事人或是組織大頭，然後恐嚇對方？

於是有了每個月三萬圓的收入。

路也血脈賁張，這不是因為擔心害怕，也不是因為恐懼。是興奮。

老爸不是為了那筆錢。絕對不是。他是有錢的，他的存款對一個獨居老人而言，再充足不過了。

父親渴望的是，刺激，還有享受佔上風的一種優越感。三萬圓只是一個象徵罷了，所以他才會把錢藏得那麼隨便。

路也發現自己全身發抖，淚流滿面。

自己的父親，那個一生無風無浪的人，竟然能有如此的霸氣……

路也從小觀察這個沒有任何可取之處、人生毫無趣味的父親，甚至下定決心絕不要依循父親的人生模式。

然而事實上又是如何？自己雖然大學畢業，卻沒什麼特別的能力或才華，找了一個任何人都能做的工作，日復一日度過乏味的人生，也從沒有女性緣。即便是相親也好，武男順利結婚成家，然而照目前的情勢看來，路也或許連這一點也做不到。

所以路也迫切渴望改變自己。

他也曾努力試圖擁有自己的興趣，但至今尚未找到能夠全心投入的嗜好。他的手不夠靈巧，不適合做一些細膩的事。運動也不行，旅行也從不覺得好玩。

他終究完完全全依循著父親的人生模式，那正是他最厭惡的模式。平心而論，其實路也正和父親一樣，他只是爲了討生活勉強工作，懶得從事其餘的事。

然而，如果老爸其實有個不爲人知的一面呢？如果他的人生不光只有工作以及吃喝拉撒睡，如果他心中也曾對人們擁有過濃厚的興趣，那會是怎麼一個情形？

如果果眞如此，路也將擁有一線希望。他將能夠相信自己不是天生的失敗者，不會是永遠坐在觀眾席的旁觀者。如果我有心，我也能夠奔馳！

路也忽然發現，自己在笑。淚流直下卻笑容滿面。父親武男，就連在照片裡都顯得十分無趣。路也對著遺照，一字一句清楚地說：「老爸，原來你是個可怕的傢伙呀。」

路也猜想，武男應該是每個月固定和對方碰面，收取封口費三萬圓，同時將《揮旗叔叔》當成收據交給對方。

他在和對方碰面時，勢必再三注意，不讓對方發現自己的住所。萬一住處被人發現，雙方的立場就反了，老爸肯定無法安心入睡。

然而，在這過程中出現了一些疏失。

武男必定向對方說明，作者長良先生並沒有參與這樁恐嚇行爲，長良先生甚至根本不瞭解自己做了什麼。但是對方並沒有輕信武男的說辭。

要找出長良先生太容易了。那本書上清清楚楚寫道，他每天晚上獨自站在那個交叉路口。

被恐嚇的一方直接找了長良先生。或許對方認爲，只要恐嚇長良先生就能查出武男的住處，對方或許只想報復一切根源的長良先生。

於是長良先生慘遭殺害。兇手之所以選擇那樣的時間點，是因爲這麼做就能讓警方誤以爲這是一樁臨時起意的兇殺案。而媒體勢必大肆報導，這也能夠有效嚇阻武男。

你眞是太可怕了——路也對著遺照說道。眞是夠了，看你幹了什麼好事。

明天一早醒來，穿著整齊後就立刻上警局吧。只要說出眞相，請警方嚴密核對「揮旗叔叔」中的內容，便能查出老爸到底握有什麼秘密。如此一來也就能夠逮捕殺害長良先生的兇手。

自己的父親犯下卑劣的恐嚇勒索案。照理說，現在的心情應該是亂得無法入睡。

然而路也睡了。睡得十分香甜，隔天帶著煥然一新的心情醒來。

5

「巧合眞是太可怕了。」

在田邊書店的會客室中，一名男子一邊收起報紙，一邊對岩老爹說道。他的長相讓人聯想到馬鈴薯。

「所以這世界才有趣啊。」

岩老爹說著，請馬鈴薯臉的客人喝咖啡。平時岩老爹只會拿粗茶請客人喝，但這位客人算是熟客，岩老爹熟知他愛喝咖啡，因此特地爲他準備。

長良義彥開心地拿起咖啡杯。再過十年，等他頭髮禿光，他就會和已故的父親一模一樣吧。

「永山路也先生不知會有多驚訝。」他說：「他的推測幾乎全是妄想，不過……」

「就結果而言，他上警局的舉動起了另外的作用，才能逮捕殺害你父親的兇手啊。」岩老爹接著他的話，繼續說。

永山路也面對父親的遺照推論出的想法，在某些點上稍稍接近了眞相。

長良義文確實在無意間犯下過錯。他在《揮旗叔叔的日記》中，清楚描寫車輛顏色和車型，還特地寫下車牌號碼，其中有一輛車，車主絕不希望讓人知道他在那個時間點出現在那個交叉路口。

不過，那輛車並非牽扯到僞造車牌或是贓車等問題。其實問題很單純，是男女間的問題。

那是一名男性的車輛。他娶了有錢人家的女兒，背著老婆在外偷情。一個運氣不佳的夜晚，他在揮旗叔叔站崗的交叉路口停下車，當時他的車上載著情婦。

當時他不以爲意。直到五月的那一天，再度看到長良先生之前，他都沒察覺到任何異樣。那天他再度經過同一個交叉口，發現長良先生一邊宣傳《揮旗叔叔的日記》，一邊揮著黃色旗子。

偷情男發現不妙，於是買了一本《揮旗叔叔的日記》。果不其然，書中清楚描寫他的車輛，以及他和情婦同乘一輛車的事實。

自費出版的書籍，銷售通路有限，然而他還是無法放心。忐忑不安的偷情男在八月的某個晚上偷偷找了長良先生，要求買下所有的《揮旗叔叔的日記》。長良先生相當理智，他無法相信一個外人會無緣無故想買自己的書，於是追根究柢問出理由。後來……

「長良先生知道對方買書只爲了銷毀它之後，他當然一本也不想賣。」岩老爹說道：「但是對方也無法妥協。他身上藏了一隻六角扳手，原本只是想嚇唬長良先生，但克制不住情緒，便用力往長良先生頭上揮下去了。」

「唉呀，眞是可怕呀。」長良義彥喝光咖啡，嘆了一口氣，氣息中帶著一股濃厚香醇的咖啡香。

「也眞難爲了警方，他們搜查書中所有的車牌號碼呢。」

「這也要歸功於永山路也先生的妄想吧。」岩老爹回想起路也當時眞摯的眼神。

「這次的事能夠讓他改變對父親的評價，也改變對自己的評價，我想這應該是一件好事吧。其實他有屬於他的能力和魅力呢。」

事實上，稔照著路也的建議保護雙手後，脫皮的現象立刻痊癒了。

「我對這件事也有一些功勞吧？」

長良義彥畏縮地問道，岩老爹面帶微笑說：

「那當然。如果你不是這棟大樓的管理負責人，不光顧我們店，你也不會聽到永山武男先生的消息，這一切也就不會開始。」

那是五月底的某天，長良義彥帶著有意租賃大樓的客戶來到這裡，於是順便光顧田邊書店。從以前他就經常到店裡買舊書。

當時岩老爹和工讀生正好聊起永山武男這位客人，提到武男想賣掉書櫃裡所有的書籍。

「他因爲老化性白內障，視力減退，雖然不妨礙日常生活，但已經無法順利閱讀，所以希望清空書櫃裡的書……」

父親自費出版書籍，當時長良義彥爲了找尋保管這些書的地方傷透了腦筋。

「如果把書堆在家裡，我會覺得對不起父親。我怕他會因此感到羞愧。三百多本書，佔據的空間可不小呢。」

於是岩老爹想出一個法子。他建議付一些必要的倉儲費和保管費，麻煩永山武男先生把三百多本《揮旗叔叔》擺在他的書櫃中。

永山武男也答應了。他說不需要付任何費用，但義彥執意付出一定金額，他說這其中包含封口費。

於是有了六月起每月三萬圓的支付。長良義彥每月定期來到這個社區，處理田邊書店樓上招租的事宜。他必定拜訪永山武男，固定支付每個月的費用。義彥要搬出三百多本《揮旗叔叔的日記》時，謊稱是一位運輸公司的老闆想收購這些書籍，這也是義彥爲了父親編造的謊言。

「你父親的事，令人不勝唏噓啊。」

面對岩老爹的安慰，長良義彥只是輕輕點頭說：「出版時我應該詳細看過一遍，檢查是否妨礙他人隱私。父親一心投入在寫作上，他不可能想到那麼多啊。」

義彥回去後，稔正好「上班」了。他和岩老爹聊了事件的始末後說道：「爺爺，路也先生第一次到我們店裡的時候，你爲什麼不告訴他，你爸爸是因爲老化性白內障，視力減退，才清光書櫃理的書？」

岩老爹搔搔圓滾滾的頭說：「他不要我說出去。」

「啊？你說永山武男先生嗎？」

「是啊，兒子已經瞧不起他了，他不希望再讓兒子發現自己的弱點吧。」

武男接受長良義彥的要求，接收三百本《揮旗叔叔的日記》之後，曾喃喃自語這麼說道：「我保管這些書，萬一哪天突然死掉，我那兒子肯定會覺得莫名其妙。到時候一定很有趣，所以就算我突然離開，你也不要把眞相告訴他喔。」

現在想想，當時他的心臟已經藏了一顆不定時炸彈，知道自己的死期不遠，才會說出脫口這些話吧。

「年輕就該心懷壯志，不過……」稔說著，露出調皮搗蛋的眼神望了岩老爹。

「不過怎樣？」

「老人會心懷秘密死去……哇！別打我嘛！」

稔急忙逃遠，岩老爹瞄準他的屁股，拿起雞毛撣子用力揮下。

3 chapt

第三章
不道歉的歲月

1

雜貨店的柿崎家會鬧鬼。

這個傳聞從去年夏天開始，在左鄰右舍之間傳了開來，對某些人而言已經是出了名的故事。今年年初，社區委員會的婦女部租借了超市「富士屋」樓上的大廳舉辦春酒宴時，大家也把這個話題當作茶餘飯後的八卦。

雜貨店這個稱呼只能算是暱稱，因爲柿崎家已經好幾年沒做生意了。他們家在二次大戰後建了木造兩層樓的房子，從此再也沒有改建或特別修補，稍微一看就會發現整棟屋子往右方傾斜，而正面的拉門永遠上了大鎖。幾年前，屋頂上還掛著招牌，上頭仍舊可見店名「かきざきや」（註）的殘骸「か さや」，但如今就連這個招牌也被人拆下來了。

關於這個招牌有一個故事。某一年鄰町有位不動產公司的老闆要參選區議員，他坐著宣傳車四處高呼喊自己名字，當車子經過柿崎家門前正好吹起一陣強勁的西風，候選人發現「か さや」的

註：柿崎家的平假名。

招牌被風吹得搖搖欲墜，心想這裡是學童上學的主要路線，他靈機一動，特地下了宣傳車說：「萬一招牌打到上學途中的學童，就不得了了。請讓我替你們把招牌拆下來吧！」

得到柿崎家老奶奶的同意後，他親自爬上梯子，雙手沾滿鐵鏽，費了一番功夫取下招牌。

那位候選人最後落選了。他拆下危險的「かさや」招牌，此舉雖然可取，然而競選期間卻頻頻傳出違規行爲，據說他在不動產業界的惡行惡狀不斷。說來說去，或許這社會上依舊保持了某種平衡。這好比當他下了地獄，在閻羅王指著他說：「判你血池之刑！」時，他急忙說：「請您等一下！」接著熱心趨前，替閻羅王剝除指甲旁那塊看似頗疼痛的脫皮；他拆招牌的作秀行爲，只能稱得上是這般等級的功德罷了。

「田邊書店」和柿崎家同樣位於田邊町內。這家書店的老闆，是這個社區少見的獨居老人岩本幸吉，人稱他爲岩老爹。一位專門負責探訪社區獨居老人的社工把柿崎家鬧鬼的故事告訴了岩老爹。這位女社工今年五十五歲，名叫三好淑惠，原本是助產士。數十年來，她抱起無數個新生兒，替孕婦們洗了數以千計的衣物，擁有壯碩的手臂和乾裂粗糙的腳跟。

剛過完年的一月十八日，一個週六的下午，淑惠女士第一次造訪岩老爹的公寓。當岩老爹知道她是位社工，是區公所專門派來觀察「獨居老人岩永幸吉」時，他的心理深受打擊。

「我沒有老到需要人照顧啊。」

「我想也是。」淑惠女士環顧屋內說道。岩老爹愛乾淨，屋內總是保持井然有序，也時常下廚，對於自己的手藝頗有自信。他剛從步行五分鐘距離遠的書店走回來吃午餐。

「只是……」淑惠女士輕輕碰了碰淡粉紅色的眼鏡框說：「我們依照戶口名簿製作探訪名單，

岩本先生，你在今年一月十三日滿六十五歲，而且這個地址上只登記你一個人，所以系統自動將你列入社工人員探訪對象。」

岩老爹面露不悅。「才六十五歲就被列進去啦？」

「六十五歲是老人年金給付年齡吧？」淑惠女士平淡地回答他。

「我確實一個人住，不過這是爲了生意上的方便。而且我也有兒子媳婦，如果沒意外，我相信一旦生病了，他們絕對會細心照護我。所以我想我不能算是眞正的獨居老人吧。」

岩老爹的兒子和媳婦都在工作，是個雙薪家庭。就因爲雙薪，十年前他們在橫濱市買了自己的獨棟房子。而岩老爹則因爲前年過世的老友託咐他照顧這家舊書店，因此才單身搬到東京的老社區，荒川河堤旁的社區田邊町。在這之前他是和兒子住在一起。

外人或許會覺得意外，不過當初岩老爹決定單身分居時，最反對的人是他媳婦。

「因爲爸爸做的茶泡飯無人能比啊！」這就是她反對的理由。她是個裝潢設計師，擁有自己的公司，所以偶有晚歸的情形。應酬後帶著歉意返家時，岩老爹總會替她準備一碗茶泡飯，她說這碗茶泡飯正是她人生最大的喜悅之一。

「老公，乾脆把房子賣掉，大家一起住到田邊町吧。這樣爸爸就不用隻身在外居住啊。」

她的先生，也就是岩老爹的兒子，任職於機械大廠的業務部長一職，也是個忙碌且時常交際應酬的人，然而他並沒有聽從妻子荒唐的建議，把還剩十五年房貸的房子，和老爸的一碗茶泡飯放在天平上做取捨。

他向妻子解釋說：「我告訴妳，老爸將開始負責一家舊書店的生意，到時候一定又忙又累，不可能再讓他掌管家裡的大小事。」

「那以後他就沒辦法等到我們回家囉？」

「廢話。」

「於是我就隻身來到這個社區。」——岩老爹向淑惠女士說明源由，他有些心不在焉，因爲稔快要來了。

岩永稔是高一的學生，岩老爹的孫子。他和雙親住在橫濱，每到週末就會到田邊書店幫忙，待在岩老爹家過一夜才回去。

萬一稔回來，發現探訪獨居老人的社工人員拜訪岩老爹，那可不得了了。往後半年，他肯定會拿這件事取笑岩老爹。

「哇！爺爺比我想像中老呢！」想必他一定會如此嚷嚷，開岩老爹的玩笑。

「而且我有個乖孫子。」岩老爹說：「他每個星期都會來找我。雖然沒住在一起，不過我和家人時常保持聯絡，所以不需要讓國家擔心我。請妳到眞正需要妳的地方吧。」

「原來是這樣啊。」淑惠女士淡淡微笑點頭，卻沒有離開的意思。她不僅不肯走，還打算脫鞋進屋去。

「你孫子今年幾歲呢？」

「十六歲。」忽然從淑惠女士背後傳來另一個聲音，岩老爹不由得閉上眼睛。

淑惠女士回頭，抬頭望了比自己高三十公分的稔。

「唉呀！」

「妳好。」稔說。皺巴巴的牛仔褲配上一件夾克，上頭貼滿五顏六色的徽章，還把棒球帽倒著戴。一眼就看得出他是個機伶聰明的少年。而且稔還因爲長相可愛，受到戲劇社女社長的青睞，頻頻邀他入社。有時岩老爹也覺得讓他扮女裝應該不難看。

「我們家爺爺做了什麼壞事嗎？」

這句話讓岩老爹聽了不舒服，但同時也證明稔把他當作是有行爲負責能力的人。如果稔把岩老爹當作「柔弱的爺爺」，他的問話不會是「爺爺做了什麼壞事」，而應該是「妳對我爺爺做了什麼」。

「我是社工人員。」淑惠女士開始自我介紹。稔一邊聽，臉上漸漸浮出笑意，岩老爹只能在一旁靜靜觀察他的變化。稔在上課時偷藏漫畫書在課本裡時，大概也是這種表情吧。他用單眼偷瞄岩老爹，另一隻眼凝視淑惠女士，嘴角強忍著陣陣襲來的笑意。

淑惠女士的說明結束，稔正打算開口，岩老爹就先發制人。

「你手上抱的是什麼？」

稔一進門岩老爹就聞到香味，一股甜甜的味道。這個味道似乎是從稔抱在胸前的報紙包中傳來的。

「這個嗎？」稔把報紙包遞出來。「這是濱長的鯛魚燒，我剛才買回來的。爺爺，雖然日子已經過了，還是祝你生日快樂。」

拿鯛魚燒慶祝生日，這也太便宜他了吧。不過車站前這家濱長和菓子店是岩老爹的最愛，稔也算是懂得討好人。

「哇！看起來好好吃喔。」

淑惠女士探頭看著鯛魚燒，接著又害羞地微微脹紅了臉，看來她是個老實人。

「我買了很多，要不要一起吃？爺爺血糖太高，其實不應該吃這種東西。」

稔邀淑惠女士進屋裡一起享用，她一開始拒絕了，最後還是脫下鞋子。三人吃著鯛魚燒配粗茶，天南地北地聊了起來。後來聊到淑惠女士的工作。

「對了，我的探訪名單中有一家……」三人就這樣聊起柿崎家的八卦。

「柿崎奶奶和家人同住，照理說我們不需要探訪她。不過啊，他們家老奶奶有輕微的老人癡呆，而且行動不方便。所以衛生所要我去協助洽談看護事宜。結果啊……」

據說，高齡八十的老奶奶每晚都看見一對陌生母子站在床邊，因此常常失眠。

「這件事嚇壞了老奶奶，害她飯都吃不下了。」

稔的心有一半跑到鯛魚燒身上，岩老爹也想著趕緊回到店裡，所以他們並沒有認眞聽淑惠女士說故事。這世上有無數個鬼故事，據稔說：「有幾間廁所，就有幾個鬼故事。」所以他們根本無心認眞聽。又不是國中女生，不需要睜大眼睛豎起耳朵吧。

「唉呀，柿崎家的房子已經很舊了嘛，牆壁漏風、柱子傾斜，才會讓老奶奶做惡夢吧。不過據說他們終於決定改建，老奶奶再忍一陣子就沒事了。」

「是啊。」岩老爹和稔一同附和她。淑惠女士回去之後，兩人立刻把這件事忘得一乾二淨，也不曾回想過，直到兩週後的某天。

兩週後的週日，他們聽說柿崎家爲了改建，請業者剷平地基，結果發現了古老的防空壕。

而防空壕裡面竟然埋藏了兩具白骨，一眼就能認出一具是個孩童，另一具則是纖細瘦弱的女子。

兩具白骨早已呈現焦黑狀，可能是被燒焦的。

2

柿崎家的地基挖出白骨，這個消息宛如孩童騎三輪車的速度，傳遍整個田邊町。白骨發現後不到半小時就已經傳到岩老爹和稔的耳裡。

「防空壕，是吧……」

正在整理書櫃的岩老爹停下手，喃喃自語。

「那是戰爭時的東西嗎？」稔含糊地問道。

「是啊。你會不會寫防空壕三個字？」

稔看著空中，表情猶如正在背誦九九乘法，片刻後答道：「不會寫。」

岩老爹的家在橫濱，目前只是隻身在外居住，不過他的出生地是東京老社區，類似田邊町的地方。他在老社區裡長大、成家立業，一直在那裡工作到退休爲止。

岩老爹出生的地方比這裡靠近海邊，腳踏車容易生鏽，爲此稔的父親在少年時期時常向父親岩老爹抱怨。

那個社區也和這個田邊町一樣，在二次世界大戰時頻頻遭受空襲。

「原來稔不曉得防空壕啊。」岩老爹拍拍戴著手套的雙手起身。

「來吧，去柿崎家看看。或許可以聽到什麼消息。你也一起來吧。」

稔睜大了眼睛。「眞難得耶，爺爺怎麼會冒出湊熱鬧的精神呢？」

「我不是湊熱鬧。」岩老爹說：「我認爲多了解這些事對你有益，才會找你去啊。」

週末客人多，工讀生顯得相當忙碌。岩老爹對櫃檯的工讀生說：「我們半小時就回來了。」便脫下手套，把手洗乾淨，快速整理儀容，也要稔洗手、整衣，於是兩人就出門了。

沒想到現場竟然出現警車。時常在這個地區巡邏的年輕高大警官也現身了，他今天帶著莫名亢奮的神情，指揮聚集的群眾以及來往的車輛。

防空壕的遺跡挖出人骨——聽到這個消息，這個社區的人們第一個反應是聯想到二次世界大戰的空襲受災戶。這個聯想不僅止於歷經戰爭的年老世代，與之相比較年輕的族群，大約二十歲後半到三十多歲的居民也有相同的聯想。東京的老社區在戰爭時期經歷了接二連三的空襲，犧牲了許多寶貴生命，因此這一帶的學校在戰後曾確實認眞地傳承這一段慘痛歷史，更積極建議學童接觸詳細記載這段慘禍的書籍或是電影。這一帶的人們有個共通的想法：「就算再等一百年，國家也不會有任何改變。既然如此，就由我們自動自發，想辦法把歷史傳承給下一代。」岩老爹向來欣賞他們這種氣概。

然而，這個觀念似乎沒有傳達到現代的年輕人心裡。大約敗戰後三十年起，老社區的學校多已無心藉由學校傳遞戰爭的教訓。這或許是來自家長的壓力，他們認爲「與其教那些，不如用心教導數學方程式」，最後校方也只好屈就於現實的壓力。

柿崎家的房子已經剷得一乾二淨，大家從遠處窺探那暴露在外的地面，圍觀的群眾中，各個年齡層、各種立場的人們露出全然迥異的神情。

神情嚴肅的大約是四十歲以上的人們吧，比他們年輕一些的則露出又怕又好奇的表情。更年輕的一代——具體來說是一群剛好騎單車經過的國中男生，他們看到警車便好奇地停下，「挖到屍體」這個事實就足夠讓他們興奮許久。

「女的嗎？凶殺棄屍耶！是裸體嗎？」

肥胖的國中生嘴裡說著不正經的話，嘴角還噴出口水，彷彿在看色情片。岩老爹差點舉起腿，把他和腳踏車踹到一邊。

「爺爺……」

稔制止他，他才勉強沉住氣。

戴著安全帽的作業員和年邁的警官，探頭望著地面一個八十公分寬的漆黑大洞。警官手裡拿著大型手電筒。人們站在遠處，看不清手電筒的光線照到了什麼。

警官們觀看了一陣子後，低聲地討論著，隨後簡短點頭後離開洞口，退往岩老爹的方向。年邁的警官和其中一個左腕配戴腕章、看似這次案件的負責人的作業員，兩人離開時雙雙取下安全帽，面對漆黑大洞深深一鞠躬。這一幕打動了岩老爹的心。

「應該是三月十日的受害者吧？」

岩老爹身旁的男子隨口說道，他的年紀看來和岩老爹差不多。

岩老爹抬頭瞄了對方，對方低頭瞄了岩老爹一眼，他的個頭比岩老爹高出許多。

「應該是吧。」

「那一次最嚴重嘛。」

「八萬人對吧？實在太慘了。」

「是啊。」

文獻記載，昭和二十年（西元一九四五年）三月十日的大空襲，在短短兩小時之內讓隅田川、荒川以及江戶川圍繞的東京老社區陷入火海，死者高達八萬人以上。當然，死者都是一般小市民，非戰鬥的軍警人員。

美軍那次一連串攻擊的目的在於削弱日軍的戰鬥意志，壓制日本人民的氣勢，希望早日結束戰爭。如果沒有那次空襲，戰爭繼續下去將會演變成美軍殺到日本國土內的另一場戰爭，恐怕將導致更悲慘的結果。然而，即便理解這層歷史的背景，人們仍舊認爲那是一場相當殘酷的殺戮。因爲美軍首先以火焰包圍這個區域，居民被斷了退路，手足無措，美軍趁這個時機在每一平方公尺投下三發以上的炸彈雨，這樣駭人聽聞的恐怖行爲，也難怪遭後人痛罵。

人若要冷靜回顧歷史，首先必須分析源由，藉由歷史的教訓才能防止重蹈覆轍。然而，在這個街道的一角挖到被時間淹沒的遺骸時難免引人心酸，這也是人之常情。

「你經歷過空襲嗎？」岩老爹問了身旁的老人。

「是啊。」

「當時你也在這附近？」

「當時我在東砂，然後逃到葛西橋。我家眞的很幸運，家人都逃過了一劫。」

作業員在洞口邊拉起封鎖線，並在週圍鋪上合板防止有人踩踏。老人望著這一幕景象，淡淡地開口。

「我們運氣實在太好了。你呢？」

「我的家人都躲到鄉下去了。逃到千葉縣的東金，我母親的親戚家。我當時正在從軍。」岩老爹回答。

稔原本在一旁靜靜地聽他們兩人的對話，這時突然間大喊：「啊？爺爺以前打過仗啊？」

「沒去。」岩老爹微笑說：「我收到了徵召令，不過軍方已經沒有多餘的船隻或飛機，也沒有槍枝可以供應士兵了。所以爺爺整天都在千葉縣的九十九里沙灘上挖洞呢。」

「他是你孫子嗎？」

身旁的老人對稔微笑問道，稔輕輕點了頭。

「是啊。雖然是個不成材的孫兒，不過我想讓他看看這樣的場面，應該可以學到一些東西。」

「也對。嗯，你說的沒錯。」老人緩緩點頭。

這時候，一名體型壯碩的男子走向作業員。如果岩老爹沒記錯的話，他應該是柿崎家老奶奶的長子，柿崎文雄。

據社工人員淑惠女士說，柿崎家目前的經濟狀況相當優渥，沒必要勉強住在老舊房子。這位柿崎文雄先生已經累積了足以改建房子的財富。據說他是二手車行和保險代理業務公司的老闆。

「不過老奶奶不願意離開那棟房子。柿崎家的孩子們，也就是老奶奶的孫子，他們還年輕嘛，所以想住在現代化、漂亮一點的房子。他們拒絕住在那種破屋裡，所以要求父母在附近買大廈，孩子全都搬到那邊住了。所以那棟房子就只剩柿崎文雄先生和他太太陪伴老奶奶。」

淑惠女士果然對這一帶的消息瞭若指掌。

「這次能夠拆除那棟房子，也是因爲老奶奶終於點頭答應了。」

「老奶奶這麼頑固啊？她身體不是很虛弱嗎？」

「她的身體不好，不過意志倒是很清醒。雖然偶爾有些痴呆，不過並不是時常呆滯。平常她的腦袋可是很清楚。不過啊，去年初春得了肺炎，精神也隨之衰弱了吧。身體也比以往更加虛弱了。」

岩老爹回想起這段話，望著柿崎文雄正和警官嚴肅地討論事情。這個季節並不熱，但柿崎先生莫名冒汗，頻頻拿起手帕擦拭額頭，點頭附和警官的話。

「爺爺……」稔小聲地問道：「你記不記得這棟房子鬧鬼的傳聞。」

岩老爹點頭說：「記得啊。」

「我猜啊，是不是遺骸留在地底，才會鬧鬼？」

岩老爹眨眨眼睛，凝視著依舊不停擦汗的柿崎先生。

「你說鬧鬼……，啊啊，我也好像聽過這個傳聞。」

隔壁的老人壓低聲量，彷彿擔心週遭的人聽見他的話。

岩老爹心想，柿崎家的老奶奶是在去年初春得了肺炎而精神衰弱，然後便傳出鬧鬼傳聞……

身旁的老人呼應了岩老爹內心的想法說：「有一陣子，我和柿崎老奶奶看同一位整形外科醫生。當時我在掛號室聽到這個傳聞。」

老社區的八卦總會在這些地方傳開來。

「喔，是嗎。」

「據說散播這個消息的人正是老奶奶，可是其他家人並沒發現也沒聽見任何異狀。」

「是這樣子啊。我也聽說老奶奶每晚看見一對類似幽靈或是幻影的母子出現在枕邊。」

這時柿崎文雄終於停止拭汗，他嘆了一口氣，一臉困惑的模樣。自家地基出現身分不明的遺骸，任誰都會不知所措。不過岩老爹卻從柿崎先生的表情深處，看見不同於困惑的情緒，似乎有什麼難言之隱。

現場又來了另一輛警車，人群喧嘩吵雜，岩老爹並無法獲得新資訊，只知道事情越鬧越大了。

「空襲中遇難的幽靈大概只會出現在同樣經歷過戰爭的老奶奶夢中吧。」岩老爹說道：「其他人就無法身歷其境感應到。」

「啊啊，或許是吧。」身旁的陌生老人回答。他瞇著雙眼，好比眼前有一道刺眼的光芒。

岩老爹和稔在現場觀望了半小時後回到店裡。據說警方請出「科學員警研究所」（註）的人員，帶遺骸回去檢驗。

警方決定暫時保持現場的原狀，週邊立起了柵欄，以防孩童闖入。

註：屬於日本警察的中央行政機構，專研人骨、爆炸物品、毒品等相關鑑定技術。

回店裡的途中，岩老爹頻頻搖頭苦思。稔發現後問道：「爺爺，怎麼了？」

「嗯。」

「是不是覺得哪裡可疑？」

「你說話的口吻好像推理小說裡的刑警。」

「會嗎？」

田邊書店內人潮擁擠，客人已經擠到門口了。「多謝衣食父母……」岩老爹挺直腰背喃喃自語。

「我想是我多心了，不過……」

「不要吊我胃口嘛，到底什麼事？」

「剛才那個老先生……」

「跟你說話那個老爺爺嗎？」

「對啊。我好像在哪兒看過他，可是怎麼也想不起來。」

「那也沒辦法，你腦袋變遲鈍了。一隻腳已經踩在棺材裡的人……」

稔在岩老爹踹他之前迅速閃開。但，稔的帥氣動作只到這裡。他爲了閃避客人，卻撞到了還沒拆卸的舊雜誌堆，上層的漫畫書如雪崩般掉落在他頭上。

岩老爹沒笑他。只命令他恢復原狀，完全不肯幫他。

爺爺終究比孫子偉大。

3

發現白骨後隔週的週日，社工淑惠女士再度拜訪岩老爹。

這次她似乎算準岩老爹午休回家吃飯的時間造訪，因為她帶了親手做的散壽司。

「唉呀！這怎麼好意思呢。」

岩老爹顯得相當難為情。

「這是上次鯛魚燒的回禮。希望你會喜歡。」

稔這回又在中途會合，有別於上一次，今天換成是稔比較尷尬。用完餐岩老爹起身到廚房泡茶，稔也悄悄跟去，到廚房角落對岩老爹咬耳朵。

「喂，爺爺，我是不是電燈泡？」

「你在說啥啊？」

「那個社工是不是對你有意思啊？」

岩老爹睜大眼睛瞪了孫兒，直到稔嚇得撇開眼神為止。

「當我沒說。」稔小聲說完就走。

飯後的話題自然聊到柿崎家地底挖出來的防空壕，以及裡頭的兩具白骨。然而，稔試著將話題導向淑惠女士的私人問題。他一邊看著岩老爹的臉色，同時試圖問出淑惠女士的私生活以及家庭狀況。但這些努力卻一一被岩老爹摧毀，岩老爹全程掌握了話題的主導權。

「那件事情發生後，柿崎老奶奶的狀況如何？」

岩老爹問起，淑惠女士優雅地喝了一口茶，思索片刻說：「不算好吧。」

她連回答這句話都顯得小心翼翼，似乎深怕說錯任何一個字。

「那棟房子已經拆除了，現在老奶奶住在哪裡？」

「她住在柿崎先生的大廈。她從木造的、濃濃人情味的老房子搬到水泥牆裡面，結果馬上感冒了。每天睡了又醒，醒了又睡，不得好眠呢。」

「那麼幽靈呢？」稔插嘴問道：「遺骸已經挖出來了，不會再看見那些東西了吧？」

淑惠女士又思考了一會兒。她的表情十分困惑，好比在雜亂的街上向她問路，尋找一棟不起眼的建築物。她苦思著如何才能回答精準的答案。

岩老爹以為淑惠女士在思考這種話題適合說給孩子聽嗎？使告訴她說：「妳不必在意稔，他也該多少瞭解大人的世界啊。」

淑惠女士有些驚訝，然後望了岩老爹和稔的表情。

「是嗎……」

「如果這牽涉柿崎先生家的家務事，不方便說就不必說，沒關係。我最好也別聊人家的八卦。」

淑惠女士露出微笑。她顯得有些焦慮，無法閒下雙手，忽然拿起便當盒的蓋子不停開開闔闔，最後總算緩緩道出。

「我們從以前就常聽柿崎家老奶奶的傳聞。除了鬧鬼事件以外，還有更恐怖的故事。」

「更恐怖的故事？」

淑惠女士凝視著稔說：「是啊。不好的事情，所以我不希望讓你這樣的年輕人知道。」

「沒關係，聽了對他有好處。」岩老爹說：「柿崎家的媳婦長年照顧這位行動不便卻相當強勢的婆婆，家中必定歷經不少風風雨雨吧。或許哪天我也需要媳婦、兒子或孫子的照顧，可以多聽聽別人的經驗，以此爲戒。」

「爺爺，別說這種話嘛。」

稔皺起眉頭，但岩老爹頑強地繼續說：「眞正的人生不像你愛看的連續劇，絕不會在最美好的地方結束。淑惠女士從事的工作可以了解人生百態，你應該多聽聽她說的故事。」

「我才不看連續劇呢。」稔嘟起了嘴。

「我倒是很愛看連續劇喔。」淑惠女士開心地說道：「我喜歡看情侶們終成眷屬、結局美好的連續劇。它會讓我想起年輕時候呢。」

淑惠女士彷彿望著窗外一百公尺遠的彼端，片刻過後才回到正題。她稍稍放低了音量說：「我上次不是說過，去年初春，柿崎家的老奶奶得了肺炎。在那之前，她和媳婦間發生了嚴重的爭執。」

據說老奶奶指控媳婦偷偷增加藥劑，打算致她於死。

「我們社工同事直接聽了老奶奶的指控。這位社工非常資深，所以能夠冷靜應對。她立刻詢問媳婦，結果……」

或許是年紀大的關係，柿崎家老奶奶時常吃錯藥。因此由媳婦負責管理老奶奶的藥品，像是跟醫師拿處方箋等一切實際事務。

「不過在老奶奶眼裡，這卻不是件好事。」

柿崎家的媳婦覺得冤枉，更深受打擊。社工人員以及老奶奶的主治醫生出面替媳婦說話，加上這位媳婦是個圓融的人，因此不至於暴怒或情緒化。

「老奶奶的病痛全是因為年紀大了，身體也衰老，就算吃了藥也無法痊癒，只能對病情加以控制。當時醫生開的處方都是溫和的藥劑。老奶奶說：『晚上睡不著。』所以醫生就開了安眠藥。就連這個安眠藥也是溫和的，一次吞了十天份的藥量也不會致死。」

後來媳婦和醫生商量後，決定讓老奶奶管理自己的藥物。

「原本以為事情就此圓滿落幕了，結果老奶奶卻得了肺炎。媳婦費心照顧她，好不容易控制了病情，結果……」

結果老奶奶竟然對媳婦說：「妳可開心囉，妳以為終於等到我死了，少了個礙眼的傢伙！不過我又活過來了，算妳倒楣！」

淑惠女士感慨地搖搖頭。

「我眞同情他們家媳婦。她都已經五十七歲了，體力也不如從前，都快到抱孫子的年紀了。她實在是嚥不下這口氣，抱怨說自己已經受夠了。」

稔神情凝重，偷偷瞄了岩老爹一眼。岩老爹明知他在偷瞄，但刻意不理他。

「就在這件事發生後沒多久，老奶奶突然說，半夜枕邊會出現一對母子的幽靈。這位老奶奶眞的很誇張，她到處宣傳，鬧得所有人都知道了。她還說每晚嚇得睡不著覺，吵著要增加安眠藥的劑量，當時又起了另一場風波。」

據說每當老奶奶縮起脖子，驚恐地道完這段鬼故事後，每每最後都會加上這一段話：「這世上果眞有鬼呢。所以啊，我常常對我媳婦說：『如果妳嫌我礙眼，就把我殺了吧，我一定會變成鬼找妳算帳！』」

岩老爹一臉黯淡，淑惠女士對他露出微笑說：「人老，眞是悲哀呀。她只能用這種惹人厭的方式，才能引起家人的關心吧。」

當時老奶奶整天淨說一些難聽的話，有一天終於說：「每晚都鬧鬼，嚇得我快沒命了。我不想住在這種房子了。」過去如何勸說，老奶奶都不肯答應改建，這時卻突然答應了。

「據說老奶奶要求愼重祭拜地基主。」

柿崎家的人總算鬆了一口氣，開始擬訂改建計畫。他們期盼已久，終於等到拆除房子那一天，結果竟然挖出了那兩具白骨。

「柿崎家的人全嚇壞了。大家原以爲老奶奶只會胡言亂語，鬼故事也是她編造的，沒想到眞的挖出屍體。」

岩老爹心想，難道這就是當時柿崎文雄面色凝重的原因嗎？

「幽靈沒有跟著到現在住的大廈吧？」

稔問起，淑惠女士笑咪咪地點頭說：「是啊，聽說已經沒事呢。」

岩老爹又問道：「那些白骨果眞是那場空襲的遇難者嗎？」

「是的。據說應該錯不了。調查的結果證實，兩人約在五十年前過世，一具是十歲左右的男孩，另一具研判是三十到四十多歲上下的女性。」

「她們是三月十日的受害者嗎？」

「一定是的。」淑惠女士低下頭說：「兩具遺體完全焦黑，沒留下任何能夠確認身分的遺物，不過這一帶還有許多長年住在這裡的老先生老太太吧？如果一一詢問，或許能夠找出遺體的身分。『鄉土史研究社』以及『東京大空襲記憶傳承會』將協助調查，試著找出遺體的家人，歸還遺骸。」

「警方沒辦法幫忙嗎？」

「兇殺案的追訴期是十五年，過了期限就……」

「啊，也對……」稔立刻閉上嘴。

「把防空壕掩埋之後，他們還會繼續改建嗎？」

「應該會吧。不過暫時保留原狀，供大家拍攝或調查。現在呀，這個防空壕已經成了珍貴遺跡呢。據說也是由『記憶傳承會』的成員主導進行防空壕的調查。」

「原來是這樣啊。這次雖然造成柿崎家人的困擾，不過我們有義務完整記錄這段歷史，並且傳承下去。」岩老爹說：「那麼老奶奶呢？挖出白骨之後，她有沒有大吃一驚？」

淑惠女士歪著頭說：「說也奇怪，她好像沒什麼反應。老奶奶從此變安靜了，反倒嚇到他們家媳婦呢。老奶奶可能是驚訝過頭了吧。」

「她捏造鬼故事原本只是想嚇唬大家，沒想到真的挖出白骨，她自己一定嚇壞了吧。」稔說。

然而，岩老爹又再度想起柿崎文雄額頭上的冷汗。

岩老爹心中好比一顆藥丸卡在喉嚨，始終懸著另一個疑問。那就是在柿崎家前遇見的那位和他年紀相仿的老先生。

似曾相識。岩老爹確實在哪兒見過他，但至今依舊無法喚回記憶。

如果是顧客，他絕不會忘記。就算不記得，腦中也會立刻發出訊息說：啊啊，他一定是客人，難怪有印象。

但關於這個人卻完全沒有這樣的訊息，因此更讓他無法釋懷。他的記憶中，那個年邁的男客人並未造訪過田邊書店，他可以肯定這一點。

「如果爺爺是在其他地方看過他，那會是哪裡呢？爺爺的生活圈就只繞著這家店打轉啊。」

是在商店街的果菜店前面？還是超市？還是乾洗店？

不過話又說回來，如果在這些地方，也就是田邊書店外與生意無關的地方見過他，那麼岩老爹不會如此掛念，也不可能斷定自己確實見過他。因爲岩老爹的記性絕不會發揮在生意以外的場合。

「爺爺的記憶體只夠裝載生意上的事。」稔對岩老爹說。

岩老爹不懂「記憶體」爲何物，因此當時並沒有對他發怒。

——隔了一個月後，岩老爹才終於發怒。因爲他到秋葉原的電器街買烤麵包機，碰巧經過打字機特賣會會場，賣場店員告訴他什麼是「記憶體」。岩老爹當場打電話到橫濱，對稔大發雷霆。不過稔早已經忘記了自己說過什麼，因此兩人的對話簡直是雞同鴨講。這個過程又是另一段故事。

因爲淑惠女士的一席話，讓岩老爹心中再度燃起疑惑。他左思右想苦惱多日，卻始終想不起自己到底在哪見過那個老人。那一天傍晚之後，岩老爹坐在櫃檯前。因爲他不停喃喃自語，害得客人不敢靠近結帳。也就是說，客人只是在店裡翻翻書就離開了。櫃檯以外的地方，猶如尖峰時間的電車般人滿爲患，擠滿了看書不付錢的客人。

不過就算平時岩老爹的狀況正常，客人也不太靠近櫃檯週邊的書架。客人通常迅速結帳後就迅速離開了。當然，櫃檯附近也擺了許多書，全都是要出售的，只是這些書不易拿取，必須麻煩店員開鎖取下。

岩老爹學圖書館的用語，稱這個書架爲「閉架」。其實這些書並不珍貴也不昂貴。只不過，岩老爹必須仔細觀察買方的年齡、樣貌後才肯賣出。

這些書多半以藥品相關書籍居多，包括網羅毒品資料的百科事典，也有刀械目錄以及槍枝專用書。

其中還有護身術教學書，稔曾對他說：「你會不會想太多了啊？」不過換個角度看，護身術也可能教人如何攻擊。

像《殺人術》這類書則擺在從櫃檯看過去最醒目的地方。

人類有自由閱讀的權利，不應該強制規範哪些書該看，哪些書不該看。岩老爹完全同意這個說法。然而在這龐大的書籍量中，確實有一些書本不該輕易讓孩童接觸到，更不該交給神情鬱悶、眼佈血絲、雙手顫抖的年輕人。

這世上存在著無數家書店。岩老爹只顧著田邊書店也防範不了什麼，他只是給自己一個交代罷了。不過他認爲有管制總比什麼都不做好。

而且這個書架也製造了許多和客人交談的機會。

半年前，一個年輕女孩想看看「閉架」裡的《法律漏洞百科》。女孩穿著牛仔褲配運動衫，脂粉末施加上一頭亂髮。

岩老爹心想，就算她是法律系的學生，那也不該一開始就讀《法律漏洞百科》吧……

由於岩老爹觀察得太入神，對方也發現自己被當成可疑人物，於是這個女孩主動開口。她的聲音小到幾乎快聽不見，左顧右盼偷偷地說：「我，其實是個剛出道的作家，專門寫推理小說。」

她因為接到雜誌邀稿，開心得不得了，正打算用心完成一篇好作品，但卻想不出任何點子，於是來到書店想找找點靈感。

岩老爹露出微笑，把《法律漏洞百科》賣給她。半個月後，她再度造訪書店表達謝意。她說多虧岩老爹，她才能在截稿前交出一篇短篇小說。當時岩老爹遞了一本書給她看，正是她的處女作。

「我在市場上發現這本書，所以批了回來。」

一本書能夠出現在舊書市場，表示這個作家的書已經在市場有一定的銷量，這在出版界具有某種指標性的意義。她也瞭解這一點，因此樂不可支。

然而這本書在田邊書店遲遲賣不出去，在店裡擺了兩個月。最後岩老爹向她要了簽名，把書帶回家。

當時她說：「等哪天我的書大賣，岩老爹，麻煩你要批很多回來賣喔。」最近她已經搬離這個社區，據說過得不錯，繼續邁向她的作家生涯。

就像這樣，「閉架」的擺設方式會帶來各種趣事。

不過這幾天來卻一點也不好玩。岩老爹不停思索，稔則不停工作，偶爾偷懶十分鐘，混在客人堆裡偷看漫畫。

到了午夜十二點打烊時，岩老爹的腦子已經筋疲力盡。稔哀怨地說：「肚子好餓……」他腦中幻想著今晚宵夜——他提議晚上要吃文字燒——的情景。

從田邊書店到岩老爹的公寓的短暫路程中，會經過窄小的兒童公園以及公園旁的消防義工隊。義工隊裡有個集會所兼堆放雜物的倉庫，打從岩老爹搬到這個社區以來，他從未見過這個倉庫門被打開過。

今晚岩老爹第一次目睹它被打開了。對開的大門全開，門前有四、五個男人正在交頭接耳。他們在其中發現柿崎文雄的身影。

「發生什麼事了嗎？」

岩老爹開口問道，男人們同時回頭看他。他們全是消防義工隊或是社區委員會的幹事。

首先開口的是柿崎文雄。今晚他的額頭以及太陽穴上依舊冒汗，卻似乎沒有餘力去擦拭汗水。

「我們家老奶奶……，我母親不見了，找不到人。忽然間她不知消失到哪兒去了。」

4

祖孫倆立刻了解狀況。

當晚九點左右，柿崎家的老奶奶要媳婦端一杯熱水到她房間，當時媳婦確實看她喝下平常吃的藥。後來大家都以為她已經睡了。但是到了將近十二點，媳婦在睡前按照平時的習慣，到老奶奶房間查看狀況，卻發現床上卻空無一人，棉被上也沒留下睡過的體溫。

他們找遍了每個房間、整個屋子，就連儲藏室都找了，就是找不到老奶奶。她老人家的身體已經很虛弱了，應該不會跑太遠。柿崎文雄請左鄰右舍協尋，鄰居們立刻召集消防義工隊準備展開搜查。就在這個時候岩老爹和稔經過了他們面前。

兩人也馬上加入搜索隊，隊員人數逐漸增加，後來終於報案。警方派出巡邏車，先以擴音器為半夜吵鬧的事情道歉，並且大聲呼叫老奶奶。

然而，過了半夜一點、兩點，還是找不到老奶奶。

岩老爹和稔被歸在負責搜尋河堤旁的隊伍。他們一邊搓揉著凍得幾乎快要失去知覺的雙手，一邊大喊柿崎家老奶奶的名字，在河堤下來回走了兩次，河堤上又來回走了兩次。

「柿崎奶奶！」

「柿崎家的老奶奶！」

起初，手電筒都照著河堤下的道路，最後漸漸轉向河堤到河面的方向。岩老爹聽見身旁的稔牙齒顫得咯咯作響。

「會冷嗎？」

「不是，我是害怕。」

稔望著猶如黑炭般漆黑的河面。

「萬一柿崎奶奶是掉在這種地方，那肯定救不活了。」

「這件事就放在心裡別說出口，懂嗎？」

運河上有好幾艘漁船出租店的船，露出白肚靜靜漂蕩在河面上，船體也跟著靜靜搖晃，顯示河水正在流動。

身穿厚重夾克的男子們縮起脖子駝著背，腳步卻十分敏捷，攀跳在各艘船隻之間，以手電筒照亮幽暗的河面。各家漁船出租店也點起了燈。

「要不要出動巡邏艇？」岩老爹聽見同隊的人提出建議。

「爲什麼大家要特別集中搜尋這一帶？」岩老爹問道。

在水道或運河交織的區域，如果有孩童失蹤時，習慣先從河邊搜尋。因爲孩童落水的可能性最高。岩老爹也熟知這一點。

不過，柿崎家老奶奶也符合這個推測嗎？老奶奶有什麼必要半夜跑到河提邊呢？

岩老爹對一個留著小鬍子的男子發問。這位親切的中年男子搖搖頭，壓低音量說：「據柿崎先生說，每當老奶奶和媳婦吵架，老奶奶都會說：『妳最希望我掉進河裡翹辮子吧！』」

岩老爹雙眼追著手電筒下飛舞的光線，心情變得黯淡愁慘。好比夜晚增加它的重量，硬生生落在雙肩上。

稔的牙齒依舊顫抖。船上的男人們拿著長竹竿，啪啪敲打著漆黑的水面。

「柿崎兄也眞是多災多難呀。」小鬍子的男子感慨地說道。他口中的柿崎兄正是柿崎文雄。

「我和他都是『東京大空襲記憶傳承會』的成員，沒想到這次竟然在自家底下發現防空壕的遺跡，所以他更加深感重任。自從挖掘出遺體後，他幾乎不回家，爲查明遺體身分到處奔波。沒想到自己老媽又在這個時候失蹤……，眞是好人沒好報。」

岩老爹忽然感到好奇。「原來柿崎先生也是『記憶傳承會』的成員啊？」

「是啊。他是核心成員之一。」小鬍子先生點頭。「那是十多年前的事吧。龜戶地區也曾發現一個防空壕的遺跡，正好在柿崎先生的公司附近，從此他就加入我們的活動。這次他還特地延長自家的改建計畫，以便大家能多花點時間調查防空壕。」

這時搜尋另一個方向的隊伍走近他們大喊：「喂！找到沒？」小鬍子先生也靠近對方，雙手比了叉的手勢說：「沒有！」

岩老爹獨自留在河堤邊，這時他「記憶體」中裝載的資料突然啟動了。

他連結各種記憶，串聯其中的關聯性，思考各種可能。

最後他靠近稔的身邊，稔全身顫抖雙眼凝視河面，岩老爹拍了稔的肩膀小聲地說：「稔，你可以幫我一個忙嗎？」

「好啊，要幹嘛？」

「你去一趟柿崎家，看看防空壕裡面。挖掘後就沒人碰過那個地方，地面的洞穴還在。」

十五分鐘後，一輛救護車停在柿崎家的防空壕旁。

老奶奶就在防空壕裡面。她縮小了身子睡在裡頭。她老人家心臟不好，要是再晚一個小時發現，她就沒命了。

老奶奶吞了安眠藥。吞下她瞞著媳婦和主治醫生，偷偷藏起來的大量安眠藥。

5

那一週過了一半，眞相終於大白。

「柿崎家老奶奶是不是想自殺啊？」

稔搶先開口。他在電話那一頭，雖然看不見他的表情，但聲音聽來無精打采。岩老爹的心情也沒好到哪裡去。

稔說：「我猜她是想死得一乾二淨。因此她故意讓所有人討厭她，誣告媳婦亂給藥劑，還偷偷藏起安眠藥……」

「我想應該就是這樣吧。」

「不過她爲什麼會躲進防空壕裡面呢？」

「她以爲可以躲到早上都不會有人發現。」

「原來如此……」

稔沉默了一會兒。

「爺爺，我問你。柿崎家老奶奶是不是早就知道自己家底下有防空壕，她想利用它才會允許改建，然後讓業者挖地基？還是說這次挖到防空壕純屬巧合，她就索性利用它了呢？」

岩老爹久久不肯開口。沉默流竄在電話線中，都快聽見NTT（註）精打細算的電腦正在計算通話費的聲音。

「爺爺？」

岩老爹從鼻子緩緩吐出氣說：「爺爺不認為那是巧合。老奶奶早就知道了。就因為知道，才會希望死在那裡。」

岩老爹在老奶奶失蹤那一晚發現了這一點。關鍵在於小鬍子男子告訴他：柿崎文雄是「記憶傳承會」的核心成員。

「既然柿崎先生是個熱心活動的人，老奶奶猜想如果家裡挖出防空壕，兒子也不會立刻破壞現場，他會保留一陣子方便大家進行調查或記錄。」

所以她才會躲在防空壕。

「所以說，老奶奶早就知道那裡有防空壕，也知道裡面有白骨囉？」

「沒錯。」

「為什麼呢？為什麼她不肯告訴大家？為什麼這麼多年來緊守著這個秘密呢？」

岩老爹說：「稔，你想想看。」

柿崎家在二次世界大戰時就住在這裡。就住在那棟房子裡。

昭和二十年當時，柿崎家老奶奶——當時應該是三十多歲的家庭主婦——和鄰居們間到底發生了什麼事，如今只能任由人們想像。

當時正值戰亂時期，而且戰況呈現壓倒性的不利，日本早晚將面臨敗戰。物資缺乏，空襲不

註：日本的民營電信公司。

斷，人人都疲憊不堪。

是爲了食物嗎？這是最有可能的原因。

壯丁們都在戰場，這個地區只剩下老弱婦孺。不安與寂寞、忌妒與嫉恨。即使在戰亂中，人的七情六慾依舊不死，或許這場爭執比我們想像中更加醜陋、齷齪。

至今身分不明的那對母子與柿崎家老奶奶之間，在關鍵的三月十日，到底發生了什麼事？

這已經無人知曉，也無法責怪任何人。

「柿崎家的老奶奶她……」岩老爹謹愼挑選字句，提起精神對稔說：「她或許知道那對母子的身分。因爲他們可能是老奶奶的鄰居。而老奶奶或許做過什麼事，必須爲這對母子的死感到愧疚。」

所以她才會把房子蓋在那個地方，默默住在防空壕上。當她選擇死亡時，或許早已決定要挖出這對母子，然後自己死在昏暗的洞穴中。

「稔，已經沒有人知道當時發生了什麼事。」

柿崎家的老奶奶雖然保住了一命，但依舊意識不明，聽說她可能就此在睡夢中往生。

所有的秘密、過錯、責任，一切都埋藏在四十七年前那場火焰與灰燼中。

只是……，岩老爹心想，或許，老奶奶曾對柿崎文雄透露家裡底下埋藏了什麼。

大概是最近才告訴他的吧，也或許柿崎先生當時不把母親的話當一回事。

所以發現遺骸時才會大冒冷汗……

但岩老爹心想不該向文雄詢問這件事，這對他而言太殘酷了。

幾天後發生了一件事，一解岩老爹心中的另一個疑惑。

就是那天在防空壕現場遇見的老人，他竟然出現在田邊書店。他直直走向櫃檯對岩老爹說：

「那天我們見過面……」他恭敬地點頭致意。

「你今天是來賣書的嗎？」

對方手上提了重重的紙袋。

「我不需要你買下這些書，只要擺在這裡賣就行了。不過請你慎選買主。」

他從紙袋中掏出《日常生活中的毒藥》、《安樂死的方法》等書，這一堆書確實需要岩老爹慎選買主，算是「閉架」的書籍。

岩老爹抬起頭要對方說明這些書的由來，老人面帶微笑，指著書堆說：「這全是我的孫兒買的書。」

書店入口有個長相酷似這位老人、高大卻瘦弱的年輕人。大約二十歲吧。岩老爹看著他，他嚇得抖了一下，然後輕輕點頭。

「這傢伙有一陣子淨買這種書。」老人繼續說道：「他也曾經來你店裡買《殺人術》，結果被你盯上才作罷。」

岩老爹啪的一聲拍了自己的額頭。

原來如此！難怪岩老爹會覺得似曾相識，原來他看過的不是這位老人，而是他的孫子！

「你孫子是……」

岩老爹壓低音量。附近剛好有個國中生，正在看剛進貨還沒整理的文庫本。

「他爲什麼會買這種書呢？」

「他呀……」

手上的紙袋不好抱，老人調整姿勢將紙袋抱好遞給岩老爹，猶豫了一會兒說：「我不能說是誰，不能說。但據他說他曾經非常痛恨某個人。他說對方讓他痛不欲生。我只聽孫子一方的說辭，不過如果他所言屬實，對方的確是個可恨的傢伙。」

岩老爹默默盯著這些唯恐天下不亂的書籍背面。

「然後呢。」

「他打算殺了對方，所以才會蒐集這些資料。他打算悄悄地、乾淨俐落地殺了他。」

岩老爹用雙手揉了揉他圓滾滾的頭。老人繼續說道。

「我和孫兒們住在一起，所以早就發現他不對勁了。不過還是花了一點時間才查出他到底在想什麼。」

接下來，該如何阻止他呢……

「我苦惱好久。即便要他思考生命的可貴，光是抽象的說明也只是空談。後來就發生柿崎老奶奶那件事。」

岩老爹低聲附和對方。

「四十七年前的三月十日，那裡到底發生了什麼事呢？」老人問道。

或許柿崎家的老奶奶對那對母子見死不救，或許明知防空壕下危險，卻故意不告訴他們。

「我們不知道到底發生了什麼，不過那天發生的事、那對母子的死，一直烙印在柿崎老奶奶心中。我想應該是如此。還有老奶奶說她看見母子的幽魂，在我看來這也不是虛構。她不是爲了挖掘那塊土地才撒謊。幽魂一直住在老奶奶心中，自戰後一直埋藏了四十七年之久。」

入口處的年輕人不願看他們。他假裝沒在聽岩老爹和自己祖父這兩個老人的對話。

「我和他好好聊了一番。」老人繼續說：「我告訴他，玩弄他人的性命會牽扯他人的生死，就是這麼一回事。」

老人並沒有用「殺害」這個字眼。這不是爲了自己的孫子，而是爲了柿崎老奶奶吧。

岩老爹起身將堆在櫃檯上的書籍，一本本放進閉架中。老人也幫忙擺設。

閉架已經爆滿了。老人和孫子靜靜離開書店。

岩老爹在櫃檯上托著腮幫子思考。他心想，嚴加看管閉架或許是件好事。或許他這樣做就像保衛某種堡壘的步哨。

一個爽朗的聲音打斷了岩老爹的感慨。

「岩永先生，你好。」

抬頭一看，淑惠女士笑咪咪地站在店裡。她把蛋糕的盒子舉得高高的。

「要不要一起吃三點鐘的點心呢？」

他在心中偷偷想，幸好稔不在。這就是今年六十五歲的獨居老人——岩老爹。

4

chapter

第四章 吹牛喇叭

1

「藏書五萬本」

匾額的玻璃反射了光線，四月的陽光灑在雄偉豪放的書法作品上閃閃發亮。

每當看見店門口的匾額上閃現如此燦亮的陽光，岩老爹總會體會到：啊啊，春天來了。梅花、櫻花的氣息也比不上匾額文字上的光芒，這讓岩老爹深深感受到新的一年即將展開新的一頁。往常確實如此。

然而，在今日的陽光下，岩老爹卻陷入另一種情緒，他抬起頭來幽幽地望著匾額。他腦中所想的並非令人愉快的事，不像大啖美食後打個飽嗝那般自然，而是刻意想起。也因此，岩老爹光禿禿的額頭上刻下了深深的皺摺。

剛才一位熟客一口氣買了五、六本推理小說，他憂心地問岩老爹：「老伯，今天是不是哪裡不舒服？」

「沒有，一切正常啊。」岩老爹笑道。客人也露出微笑，逗趣地調侃岩老爹說：「春暖花開，心有所思，你還眞有情趣啊。」

「難道你不會沉思嗎？」

「會啊，我整天都在沉思呢。」

這位不知姓名爲何的熟客年約三十多歲，在岩老爹眼裡還算是「年輕人」。據說他是某家建設公司的技術人員，因爲工作需要得經常出差。旅途上，閱讀推理小說就是他的樂趣之一。

「那眞是辛苦，都在想工作的事嗎？」

「有一半是囉。」

「唷，那另一半呢？」

「我最近訂婚了，所以……」

「唉呀，那眞是恭喜囉，算你有一套。」岩老爹開玩笑地說道，對方羞怯地搔搔頭。

「謝謝光臨。」岩老爹拿零錢找他，他連伸手接錢的動作都顯得輕盈，從背影看起來連肩胛骨都在微笑。

春天眞的來了……

岩老爹再度感慨，倚在櫃檯上托著腮幫子，望著「藏書五萬本」的匾額。

這匾額該說是「招牌」還是「廣告」呢？匾額上標榜這家書店龐大的藏書量，這幅作品正是出自岩老爹所宣稱「唯一的不成材的孫子」，岩永稔的手筆。去年過年，稔即將面臨高中入學考之際，他的導師要求每位同學在年假期間寫書法作業，於是稔便花了功夫寫下這一張。

「快要考試了，我知道各位忙著讀書，沒空過新年。」當時導師對學生們這麼說道：「就因爲如此，更應該在年初一到初三期間，找個時間靜下心來磨墨，寫下今年的心願。」

然而這份作業卻飽受家長的批評。他們認爲，怎麼可以讓國三學生在這麼重要的時刻寫書法，這和考試沒有半點關係，豈有此理。「就因爲如此，更應該……」，沒人願意認眞思考導師的這番話。事實上，班上有半數以上的同學沒交這份書法作業。

如果這位班導師不是一位年輕女老師，而是喜歡耍手段拿內申書（註）來威脅學生的刻板老師，學生們或許就會乖乖聽話，磨墨提筆交作業了。這件事情表現出學生與老師之間的權力關係。

在喜洋洋的新年聽了這樣的故事，更是壞了老爹的好心情。

「那你打算怎麼做？寫了嗎？」

岩老爹問了孫兒，稔一臉輕鬆地說：「嗯，我寫了。」

「是喔。寫什麼？」

「我會把它送給你唷。」

稔的作品便是匾額裡的「藏書五萬本」。

岩老爹呵呵大笑。

「這有點誇大不實吧。」

「向盤商大量進貨時，就那瞬間而言，應該有五萬本的囤積量吧？別太在意啦，做生意都得誇大宣傳的。」

註：由學校老師記載學生的出席率、課外活動、品行等狀況，製作成秘密調查書，做為報考學校時的審核依據。學生及家長無法調閱其內容。

就這樣，岩老爹收下稔的嘔心瀝血之作。由於紙張貼在牆上容易破損，因此岩老爹特地裱起來，高掛在店門口。

「老師沒罵你嗎？」岩老爹擔心地問道。

「沒有啊，她很喜歡呢，還說下次要來店裡看看。」

這位女導師果真履行諾言。當稔順利考上理想的學校，國中生涯只剩畢業典禮時，她真的造訪岩老爹的田邊書店。她欣喜地望著匾額，更在店裡逗留了兩個多小時。

「我應該再寫一張。」稔時常這麼說。

「還要寫什麼？」

「例如『高價購買』，你覺得如何？」

稔的雙親都是天生自信的人，在這對父母養育下長大的他，即便在學校遇到小問題也不輕易慌張。例如書法事件好了，父母異口同聲說：「過年就該寫書法呀，你就寫吧！」稔的母親，也就是岩老爹的媳婦還提出要求：「要寫就寫一些實用的。」

「譬如說？」

「譬如『禁菸』。」

「『禁酒』呢？」

「那不行。媽媽也愛喝酒。」

「『禁止上酒店』呢？」

「那不如寫『禁止搭計程車送酒店小姐回家』。」

「太長了，不行啦。」稔忍不住失笑說：「媽，妳放太多私人情緒了。」

「那當然！我可是很氣你爸呢！」

稔也詢問父親希望寫什麼，父親輕鬆回應：「寫『武士情懷』如何。」

岩老爹認為，遇到這樣的雙親是稔的福氣。因為他們對孩子的人生不短視，總是以一年為單位來觀察孩子，這讓他們有了寬宏的態度面對孩子的成長，不致為了書法這種芝麻蒜皮小事哇哇大叫。

「不壞啊，試試看嘛。」這就是他們對孩子的教育。

只是，孩子逐漸長大，還是會出現一些無法等閒視之的問題。岩老爹現在就是在煩惱稔的事。因為剛才媳婦打電話來打小報告：「稔最近會半夜在外逗留。」她並沒有生氣，但難免還是會擔心。

岩老爹問媳婦：「所謂半夜在外逗留是什麼情況？」

「大概在職棒新聞結束後吧，他就會跑出去。」

「從家裡大門出去？」

「是的。」

「他有摩托車嗎？」

「沒有，所以騎腳踏車。」

「那就不需要擔心他加入暴走族吧。」

「誰知道他究竟在幹嘛。」

「是不是有馬子了？」

「唉呀！討厭！爸你怎麼會說『馬子』這種話呢！」媳婦忍不住笑了說：「好歹說交女朋友嘛。」

「交到了嗎？」

「好像有。不過這跟他半夜外出似乎沒關係。」

昨晚媳婦又發現稔偷溜出門，於是一直醒著，等他回來。

「我可是盛裝打扮等著他呢。」

她換上重要場合才會穿的套裝，化好美美的妝，打開客廳所有的燈，靜靜地坐在那裡等待稔回來。

「稔那孩子竟然吹著口哨回到家。」

「然後呢？」

「你猜他進門一看到我說了什麼？」

稔問他媽媽：媽，你幹嘛半夜換衣服？

「我表情嚴肅不說話，結果……」

「結果？」

「結果他也跟著嚴肅起來，問說：『是不是爺爺發生意外？』……。爸爸，不好意思，童言無忌呀。」

「大笨蛋。」岩老爹說。

「你說得沒錯。」媳婦附和他，不過似乎忍不住偷笑。

後來稔還是頻頻夜歸。媳婦說他總是在午夜十二點左右出門，大約一點就回來了。到目前爲止並沒有做出傷天害理的事……，不過這純粹只是做母親的推測。稔的生活態度也未見劇烈變化的跡象，大人們決定再觀察一陣子。

稔一如往常，週末那天到岩老爹家住一晚幫忙打理書店。岩老爹趁開店之前問了稔：「半夜出去玩，好玩嗎？」

稔將成堆的漫畫書一本本擺到書架的最上層，聽到岩老爹的提問時並沒停下手，但頓時答不出話。過一會兒他終於開口說：「爺爺你有千里眼呢。」

「我是聽你媽說的。」

「是喔。我媽跟你說過囉。」

他的語氣背後似乎隱藏了什麼秘密，於是岩老爹繼續問道。「你媽很擔心你，不過因爲也沒看你做什麼傷天害理的事，所以決定再觀察一陣子。」

稔把一隻腿放在腳架上，戴著手套的雙手緊緊抱著漫畫書，垂下頭說：「好像是吧，她並沒罵我。」

「你媽不罵你是因爲她還在忍耐。」

「……嗯。」

「我跟你說呀，稔，你看這邊一下。」

岩老爹緊盯著稔的頭頂，耐心等到他緩緩抬起頭爲止。

「怎樣？」

「我不懂你在想什麼，也不知道你做了什麼。因爲不了解情況，所以也不打算無故阻止你的行爲。但我也不能說：『男孩壞一點沒關係，將來才能夠成大事。』這種不負責任的話，更不能天眞地相信自己家的孩子絕不會變壞。」

稔眨了眨眼睛：「爺爺和媽媽都不太信任我囉。」

「我們相信你。」岩老爹耐心地繼續說：「不過，爺爺和你爸爸媽媽都知道，一旦發生不好的事情，那會瞬間摧毀我們對你的信任。在面對突如其來的事件時，家人間的信賴關係比想像中脆弱許多。這社會就是如此變化莫測。」

稔繼續把漫畫擺上書架。他似乎想藉由這樣的動作，避開岩老爹的視線。

「因此我們不能肯定地說：『我們家的孩子不會做壞事。』這種話。不過有件事我非得告訴你不可。萬一發生了什麼意外，你一定要盡早告訴我。不管你做任何事，千萬不要忘記你不是只有一個人。雖然爺爺會比你早走，不過你還有爸媽呀。」

稔刻意舉起手搔了搔頭頂。

「我只是晚回家而已，別說得這麼誇張嘛。」

「老人家說話本來就比較誇張。」

那天的談話就此結束。兩人開開心心度過週末，書店也一如往常，生意興隆。週日晚上，稔返回橫濱的家。

從那天起岩老爹就成天憂心忡忡。他養育自己的兒子長大成人，對於養兒育女算是有經驗，也瞭解孩子的成長過程中必定面臨的種種考驗，然而……

再怎麼說，現在跟以前不同呀……。岩老爹心裡嘀咕著。

今天，「藏書五萬本」的匾額顯得黯淡無光。岩老爹心想，稔也會長大的。或許是岩老爹的感傷在天眞無邪的字跡上蒙上一層陰影。

想一想，上次帶他去動物園是什麼時候的事呢？

岩老爹沉溺在自己的思緒中，這時候一聲尖銳的喊聲闖入他耳裡。岩老爹猛然回過神來，慌張地起身踢倒了椅子。

「老伯！老伯！」

又是一名不知姓名的女熟客站在店內最深處的書架前，抓著一名看似小學二、三年級男孩的雙臂。男孩掙扎著試圖逃脫，女客人緊抓著他大喊道：「趕快過來呀！這孩子打算順手牽羊呢！」

2

男孩被岩老爹抓住後，馬上停止掙扎。他放棄抵抗，一動也不動，臉色發白神情緊張。

岩老爹向女客人道謝並請她離開後，把男孩帶到其他客人看不見的書櫃角落和他面面相對。他不哭也不說話，問他名字，他完全不肯開口回答，因此連他唸哪所學校也無從得知。他身穿整潔的草綠色毛衣、牛仔短褲、白襪配白色運動鞋，胸口上沒有配戴學校名牌（註）。岩老爹不知該如何是

註：日本小學生習慣配戴名牌。但近來由於治安關係，配戴名牌的風氣逐漸消失。

好。

傷腦筋呀。

他拜託工讀生幫忙招呼一下櫃檯，自己則帶著男孩到店裡頭的辦公室。

「請就座。」

男孩沒理會岩老爹，低頭呆站在破舊的木製扶手椅旁一動也不動。他垂著肩，視線彷彿被釘子固定住了，始終停留在腳前方二十公分的地方。

岩老爹也同樣直立不動，思索片刻。他猜想現在的孩子或許聽不懂「就座」的意思，於是換個方式說：

「你可以坐在這張椅子上。『就座』就是這個意思。」

孩子還是不動。不過這時候發生了一件事，讓岩老爹事後回想起來直呼運氣太好了。

他聽見「咕咕咕」的聲音。

岩老爹立刻發現聲音的出處，頓時笑意湧上。

「咦？你是不是肚子餓啦？」

孩子的肚子響了。

岩老爹蹲在地上，把視線降到孩子的高度，凝視孩子的雙眼。

「你肚子餓了，對吧？還是肚子痛？哪邊痛呢？說說看呀。」

急性下痢也會讓肚子咕咕作響，這時有必要分辨狀況。有時候，當小孩因爲一時好奇順手牽羊，卻讓店員或警衛抓到時，驚嚇過度，極可能因此導致劇烈的精神性頭痛或是腹痛，或是當場嘔吐，這絕非裝病。

男孩像一塊石頭緊縮著身子，岩老爹不希望對他加諸無謂的痛苦。雖然這只是岩老爹的直覺，不過他猜想這孩子的態度，並不屬於裝傻或是鬧脾氣。

男孩的態度讓他想起以前橫濱的鄰居家那一隻可憐的狗。牠的飼主對待寵物只有三分鐘熱度，在牠還是小狗時對牠疼愛有加，等牠成犬後卻完全失去愛心，常常三、四天不肯餵食也不給水，有一回在炎炎夏日下把牠拴在狗鏈上，竟然出門旅行一個星期。附近鄰居看了不忍心拿食物餵牠，當時牠已挨餓很久，但還是有力氣撲向食物。然而由於主人的長期虐待，逐漸消磨了牠的體力和精神，久而久之牠變得只能靜靜蜷縮在地上緊盯著人們，無法起身也無法移動，大小便都直接拉在身旁，最後瘦得只剩皮包骨，死在狗屋裡。

此刻這孩子的眼神如同那隻狗。

「剛好快三點了。」

岩老爹望著指向兩點四十五分的時鐘，語氣開朗地說道。

「我每天會在這個時間吃點小點心。要不要一起吃呀？你想吃點什麼？」

男孩依舊沉默。岩老爹努力回想，稔在這個年紀時，到底喜歡吃些什麼？

「不喜歡麵包吧？漢堡比較好嗎？飯糰也不錯。還是拉麵呢？」

男孩仍然低著頭，眼皮微微顫抖。這時岩老爹聽見他微弱的回答：「拉麵。」

「噢，你要吃拉麵呀。」

岩老爹走出辦公室到收銀台旁，吩咐工讀生請附近的拉麵店外送拉麵。

這時店內人潮比較稀疏，因此岩老爹邀工讀生們輪班吃點心。這兩個工讀生都參加運動性社團，食量特別大，開心地接受岩老爹的好意。

「不過老爹，為什麼要點拉麵？」其中一名工讀生問道。他是個高個子，戴著眼鏡。

「那個小男孩好像肚子餓了。」

「那個順手牽羊的男孩？唉呀，老爹你人也太好了吧。」

稔以外的店員都稱他為「老爹」。

「總不能坐視不管吧，而且他都不肯開口呢。」

「要是食物能解開他的心防就好了。」

趁另一名工讀生打電話訂餐時，岩老爹偷偷問了戴眼鏡的工讀生：「那個男孩剛才打算偷哪一本書？」

「這一本。」

抓到男孩時，當然也把他偷的書拿了回來。岩老爹想問問男孩的動機，並未把書放回書架，暫時擺在櫃檯。工讀生從櫃檯取出那本書。

那是一本名為《吹牛喇叭》的童書。翻開封底一看，這本書出版於昭和三十年（西元一九五五年），封面破舊，內頁處處都是蟲咬的洞。

「這不是現代的小孩愛看的書吧。」

戴眼鏡的工讀生疑惑地說。淡藍色封面畫了一支已褪色的金色喇叭，岩老爹拿著這本書沉思了一會兒。這金色喇叭是久遠以前，還有人騎著腳踏車、載著木箱叫賣豆腐的年代，賣豆腐的老闆掛在腰際的古老喇叭。

「這本書是我批回來的吧？」

工讀生點頭。「是啊。大概半年前吧，老爹在赤羽那邊買來的。據說有棟舊公寓即將拆除……」

當時岩老爹接到電話，開著小卡車抵達現場。那是公寓房東打來的電話。岩老爹從沒和他交易過，而且大部分的書都不是值錢的東西，不過其中夾雜了許多童書吸引了岩老爹，於是他買下了一整堆書。

一般來說，童書或故事書不易出現在舊書市場。因爲童書多半在孩子長大時已經破爛或髒掉了，因此也就不好意思賣給舊書店，多半把書送給回收紙張的業者換成衛生紙。有些像岩老爹這樣的舊書業者，偶爾也會到紙張回收業者聚集處收購值錢的書，不過通常很難在這樣的管道下找到狀況良好的書籍，其中童書更是少之又少。

據廢紙回收業者說，最近回收生意每下愈況，許多業者已經停止這種以衛生紙交換舊書的回收模式，反而會事先調查各地區的可燃垃圾回收日，當天一早便開著卡車巡迴各個垃圾回收場，偷偷回收報紙、雜誌、書本等。

「像以前那樣開著卡車，到處廣播回收廢紙交換衛生紙的業者已經很少了，況且現在的人也不太願意交換了。他們說：『你們給的衛生紙太硬不好用，我寧願不要。』」

於是，近年來在人們隨意丟棄的回收垃圾中，經常混雜著破舊的童書，少有狀況良好的書籍。

因此岩老爹只要看到有人願意賣童書，必定全數買下。這本《吹牛喇叭》就是這樣來的。

有些舊書店業主猶如挖金礦的掏金客，專門鎖定稀有的古書期待鹹魚翻身大撈一票；有些則專找學術研究的珍貴文獻，鎖定研究學者等客群。而田邊書店則有別於這些業者，基本上只鎖定一般客人；這些人希望買到比市價便宜，雖然是二手書卻保持乾淨的消遣書籍，因而通常不會販售破破舊舊的「古書」。

不過，如果發現相當吸引人的書，或是有些年代但趣味性十足的書，岩老爹會破例擺在店內，並且特地為它們劃出專用書櫃。這些書不分種類，有些沒了書封底、有些被蟲咬的坑坑洞洞，岩老爹將猶如傷兵的書籍集中在一個區塊。

《吹牛喇叭》也在這一區。

「那孩子怎麼會特地偷這本書呢？」

難道是這本書的內容特別吸引他嗎？

「咦？老爹你自己沒看過內容啊？」

「是啊。」岩老爹搔了搔他那顆圓滾滾的頭說：「我認為二手童書很難得，當時一衝動就買下來了，不過還沒看呢……」

「我對這本書也沒啥興趣，所以也沒資格笑老爹囉。」

兩個工讀生哈哈大笑，這時拉麵店店員送餐來了。令人驚訝的是，這家拉麵店請了一位二十歲出頭的女生，提著送餐箱騎著腳踏車飛奔而來。而且她操作腳踏車的手法（稔認為既然是腳踏車，應該說「腳法」。）猶如特技表演，以飛快的速度送上熱騰騰的麵。麵條從未泡得過軟，湯也絕不會涼掉。

舊書店裡飄起了拉麵的香味。岩老爹端著餐盤穿過店內，他感覺到在場客人的羨慕眼神。這正是拉麵香氣的威力，漢堡可就沒有這麼大的功力呢。一群放學後跑來店裡看漫畫的國中生喊著：「啊，肚子好餓喔。」岩老爹聽在耳裡，竊喜在心裡。

「來！吃麵囉！」

岩老爹熟練地用腳推開辦公室的門。他探頭一看，那孩子的姿勢絲毫未變，依舊呆站在扶手椅旁，好比模具做出來的模型，就連垂著肩的角度都一模一樣。

如果我看走眼，這孩子很可能趁我不在偷偷溜走……，岩老爹剛剛還在心裡想著這個可能性，也認為如果他眞的逃跑，那也無可奈何。但另一方面，他相信這孩子不會跑。然而他萬萬沒想到，一個孩子被人擱置了十分鐘，竟然沒坐下也沒走動，一直保持同樣的站姿。

「小朋友，你不累嗎？」

聽到有人叫他，男孩又嚇得眼皮抖動。

「拉麵來囉。你坐著吃吧，有什麼話吃完再說。」

孩子依舊不肯動。

這時，岩老爹心中忽然出現可怕但又符合邏輯的想法。

記得剛才抓到男孩時，他立刻乖乖就範了，沒有任何反抗的意圖……

「我問你，你坐下來是不是有什麼地方會痛？」

這個問題似乎一針見血。男孩一動也不動的肩膀還有腳趾，這一刻總算稍稍動搖了，彷彿血液第一次暢通了。

「我懂了，很痛是吧。所以剛才也沒辦法反抗太久，對吧？是不是屁股痛？」

岩老爹把拉麵放在桌上，蹲下來視線與男孩齊高。

「怎麼了？是不是從哪裡摔下來了？還是跌了一跤？還是……」

岩老爹下定某種決心，提出他的疑慮。

「被人痛打一頓？」

這句話猶如一個信號，低頭不語的孩子眼眶浮出淚水，淚珠瞬間膨脹，嘩啦啦地落下。一滴淚珠落下後，新的淚水也跟著湧出，一滴滴毫不間斷地墜落。

「我懂了，被打了是吧。讓老伯看看你的傷口好嗎？」

孩子沒回答好或不好，垂下無力的雙手，只有不停哭泣。岩老爹緩緩站起，穿過孩子身旁出去找工讀生。戴眼鏡的高個子工讀生以驚人的速度讓麵碗見了底，一臉滿足的模樣。

岩老爹招手要他進辦公室，然後對孩子說：「可不可以讓這位哥哥在這裡呢？我們或許需要一個證人。證人，懂嗎？這人可以證明你對我說過的話。」

孩子擦擦眼淚點點頭。

「到底怎麼了？」

戴眼鏡的工讀生不安地低聲問道。岩老爹關閉辦公室的門，阻斷外面客人的目光，然後面對孩子。

「來，讓我看看吧。」

孩子首先脫下草綠色的毛衣，再脫下白色T恤，他乾瘦的上半身清楚浮現肋骨。

工讀生嚇得說不出話來。

孩子的背、側腹以及平坦的胸口上，佈滿了紅黑色的瘀青。其中有一處瘀痕猶如岩老爹的手掌那麼大。

岩老爹蹲著抬頭看了看工讀生。

「可能有必要拿拍立得拍下來。」工讀生說。岩老爹這時候才想起這個工讀生是念法律系的。

岩老爹先讓孩子穿上T恤，接著讓他脫下褲子。孩子爲了脫褲子提起雙腿，岩老爹清楚看見他每動一次就痛得皺起眉頭。

「……太慘了。」工讀生這句話彷彿在懺悔自己剛才飽餐一頓。

男孩的小屁股上也有無數處瘀青。部份傷勢有別於上半身，瘀青外還有一些小傷痕，大約爲岩老爹的中指指甲大、顏色特別深，傷勢特別嚴重。

「這是香菸燙的吧？」岩老爹問道：「有人拿點燃的香菸灼傷你？對不對？」

孩子不發一語地點點頭。

「是誰幹的？」工讀生問道，一時間聽不到孩子的回話，後來總算聽見小小的抽搐，男孩終於放聲大哭了。

岩老爹和工讀生對望，不知爲何，兩人不約而同露出斥責對方的表情。

「報警吧。」

岩老爹抱著哭不停的孩子說。工讀生默默走向電話。

3

「照理說，這類案件不在我們的管轄範圍內，應該由兒福會負責，不過……」

隔著傷痕累累的廉價桌子，岩老爹狠狠瞪著對方說：「不過怎樣？」

「不過，若情況危急，我們也管不著官方的規定。所以我們也希望盡力配合。」

桌子對面的女性從手邊的皮革名片夾中，掏出一張名片遞給岩老爹。

「我在少年課擔任諮詢，我叫紺野信子。」

她露出淡淡微笑說：「請別這樣板著臉。我不會說這不歸警察管，對你們不理不睬。」

對方大約三十歲後半吧。身穿俐落的深藍色套裝、淡妝、短指甲修得乾淨整齊。簡潔的烏黑短髮充滿光澤，是位相當美麗的女警。一看名片，原來她的職位是警部補（註）。

「請問小豐目前的狀況如何？」岩老爹問道。

在田邊書店因順手牽羊被逮到的男孩，名叫石田豐，今年十歲，就讀於這個地區的國小四年級，家住在離學校步行約五分鐘的一棟高級大廈，家人有父母以及國小一年級的妹妹，一家四口。

「我們先讓他到醫院驗傷，現在他母親正在探望他。」

岩老爹皺起眉頭，紺野警部補立刻做了補充：「請放心。少年課的資深警員陪在他身邊。當然這也是爲了向他母親打聽狀況……」

她露出含蓄的笑容。

「另外，小豐在公開場合驗傷後，我們也希望觀察母親見到孩子時的態度。」

岩老爹放下心中的大石。雖然不願做這樣的猜測，但這社會上確實存在著父母虐待親生骨肉的不幸事件。說也可悲，當目睹小豐身上悽慘的傷痕時，岩老爹腦海裡第一個浮現的想法，正是父母虐童的可能性。

「那是他父母造成的嗎？」

紺野警部補慎選用詞，一字一句說：「這個可能性相當大。不過，我們不能夠妄加推論。」

那當然，岩老爹也點頭同意。

「雖然我很清楚自己沒有權利探人隱私。」岩老爹先做了解釋後再繼續說：「可是我怎能視而不見呢。而且我猜，他在我的店裡偷東西，是不是希望我們逮到他，把他送到警局。若能在警局接受調查，遲早會讓人發現他所遭遇的困境。」

「我也這麼認爲。」

「小豐眞是個聰明的孩子。」岩老爹咬著下嘴唇說：「該怎麼說呢，受虐的孩子不願意主動向周遭的人告發眞相，是爲了袒護欺負他的『兇手』吧。」

「這是常有的案例。」

多麼令人心寒的故事，岩老爹的胃也跟著痛起來了。

「如果……是那孩子的父母讓他承受這樣的痛苦，能不能夠讓他遠離父母，接受良好的庇護

註：為日本警察系統之一的位階，位於警部之下、巡查部長之上，負責擔任警察實務與現場監督的工作。

呢？」

紺野警部補並沒有立刻回答。岩老爹在她短暫的遲疑中，似乎窺探到「法律」、「親權」等麻煩東西在她腦中交織。

「我們會努力的。」警部補說：「也會尋求校方的協助，盡全力配合，否則就太對不起小豐了。」

岩老爹已經找不到其他的話可說，只好沉默不語。因爲他是關係人，因此必須回答家族成員、田邊書店的狀況、聯絡電話、地址，就連住在橫濱的兒子夫婦的工作、上班地點等都被詳加偵訊。岩老爹耐心地一一回答，重獲自由時，已經是傍晚六點多了。

他已經筋疲力盡，面對憂心忡忡的工讀生們一再的質問，他也無法詳加說明。

當晚，岩老爹獨自回到公寓後，翻閱起《吹牛喇叭》。

他大致翻了一下，第一印象是，這是專爲小學低年級的小朋友所寫的故事書。漢字少，文章的節奏緩慢，字句也相當簡單易懂。插畫已經褪色不少，不過想必以前是一幅幅相當美麗的水彩畫，不僅圖案優美，線條也十分柔和溫馨。

起初岩老爹躺坐在和室椅上，靠著椅背，身旁放著溫熱的燒酒，滴上幾滴檸檬汁，悠閒地讀起這本書。然而翻不到幾頁，他突然坐直身子，挺起腰背，竟忘了自己在手肘旁放了一杯燒酒，專心地讀著書裡的內容。

並不是因爲故事有趣吸引了他。故事情節確實吸引人，但讀完卻讓人感到心情沉重，沒有任何溫馨可言。

《吹牛喇叭》有別於書的外觀，內容陰沉，根本可以用「慘淡」來形容。故事情節毫無光明可言，它是這麼開始的……

「很久很久以前，城鎮上有一支樂隊。」

「這支樂隊聚集了三十種樂器。小提琴、大提琴、雙簧管、打擊樂器定音鼓、美妙的豎琴……鎮上的樂器齊聚一堂，每個月和指揮叔叔開一次演奏會。」

故事裡，人類的指揮者能夠和各種樂器溝通。也就是說，樂器被擬人化了，所以即使沒有演奏者也能夠自動演奏。插畫者循著故事的設定，在大提琴的軀幹加上眼鼻，或是在長笛上畫出細長的手腳。

「這個樂隊裡有一個喇叭，這個喇叭最愛吹牛。」

隨著劇情出現一個寒酸喇叭。

「『喂，鋼琴，昨天指揮叔叔說你壞話，他說最受不了你總是彈錯。』

『聽說小提琴的老師都不喜歡大提琴喔。他們說你身體那麼大，可是卻拉不出好聲音。』」

故事中敘述喇叭的撒謊行徑。

「喇叭總是不斷撒大大小小的謊，所以樂隊裡的其他樂器都討厭他。儘管如此，由於樂隊裡的夥伴和指揮叔叔都知道喇叭愛撒謊，所以並不會跟彼此計較也不因此鬧分裂。」

某天，這座城鎮被捲入一場戰亂中。

「樂隊隊長招集樂隊的成員，呼籲大家：『你們願不願意幫忙號召強壯的士兵上戰場呢？讓我們一起演奏振奮人心的音樂，幫忙召集鎮上的人們吧。』」

喇叭第一個響應這個活動，願意出馬上陣。

「吹牛喇叭擅長吹牛，因此他跟著隊長大聲演奏。喇叭鼓吹出征有多麼快樂、對社會有多大的貢獻，還能夠賺大錢。他的演奏實在太完美，立刻吸引許多人們蜂擁而來。」

就這樣，喇叭帶著大批士兵前往戰場。喇叭在戰場上表現優異，成了衝鋒陷陣的喇叭。

「隨著戰況越來越激烈，留在鎮裡的樂器無法再舉辦演奏會，指揮叔叔也出征了。由於這些樂器沒有跟著喇叭與隊長鼓舞戰爭，因此鎮上熱衷戰爭的人開始欺負、破壞他們。」

戰爭持續很久，小鎮裡祈求和平的聲浪逐漸升高。終於，在某場戰役中，喇叭和隊長淪爲敵方的俘虜。

「喇叭被逮之後，遇到可怕的場面。敵方的隊長聲稱喇叭撒謊：『就是有你這種人到處吹牛戰爭能夠賺大錢，大家才會被你騙了，被你害死了。』」

喇叭竭力爲自己的撒謊行徑辯解，他說他在家鄉只是個演奏美妙音樂的樂器，自從被樂隊隊長帶出去後，也只演奏了早晚的報時音樂。

「於是敵方讓喇叭待在牢獄中，每晚爲死去的士兵演奏哀傷的音樂。」

過沒多久，戰爭終於結束了。

「喇叭隨著隊長回到鎮上。隊長爲了籌措回家的車錢，因此把喇叭賣給舊道具店。」

在舊道具店，喇叭和樂隊裡唯一倖存的短笛重逢。

「其他樂器都在這場戰爭中遭人破壞，或是被賣到不知名的地方。只有你一個人宣揚戰爭是件好事。」短笛這樣批評喇叭。鎮上早已被破壞殆盡了，人們開始後悔加入這場戰爭，而喇叭擔心短笛的話語傳到人們的耳裡，因此他大聲演奏音樂，試圖掩蓋短笛微弱的音色。

「喇叭每天不停演奏：『戰爭已經結束了。我們一起建造新的故鄉，快樂的故鄉，和平的故鄉吧……』喇叭活潑的樂聲振奮了重建中的人們。無人發現喇叭聲音下還有短笛虛弱但堅持不懈的控訴。」

短笛氣絕身亡後，喇叭依舊繼續歌唱。鎮上也持續重建的工作。

「後來鎮上恢復以往的和平與繁榮，於是有人提議再組樂隊。他們開始召集樂器，吹牛喇叭早已成了舊道具店的招牌樂器，人們熱情地邀請他加入樂隊，但他拒絕了。

『我在戰爭中吃了不少苦，現在只想過平靜的生活。』

鎮上的人們不了解過去的種種，然而喇叭的話深深打動了他們，於是決定將吹牛喇叭擺在鎮上的博物館。

「某天，以前那位樂隊隊長造訪這間博物館。有人問隊長：『你也上過戰場，想必和那個喇叭一樣吃了不少苦吧。你認識他嗎？』

隊長冷漠地回答：『不，我不認識。』

吹牛喇叭就在博物館的玻璃櫃裡，靜靜地度過他的餘生。

「吹牛喇叭不再演奏音樂。隊長也不再造訪博物館。」

故事就在這一段話中結束。

讀完後，岩老爹深深地嘆了一口氣，拿起早已冷掉的燒酒一口喝下。

《吹牛喇叭》絕不是爲孩童而寫的童話。

作者不把喇叭寫成片假名的ラッパ（註一），刻意使用難寫漢字，似乎有意引導讀者的省思。這故事過於陰沉，情節過於卑劣，不適合供孩童閱讀。因爲從頭到尾講的都是撒謊者佔便宜的故事。最後有段簡短的作者簡介。作者名旁加註說明這是筆名。看年紀比岩老爹大十歲，可見作者正是親身經歷那場戰爭（註二）的世代。

岩老爹回想昭和三十年，也就是這部作品出版的年代。戰後的氣氛已散去，日本社會正邁向高度成長期。到了這個時代，作者才有機會寫下這部作品。

闔上《吹牛喇叭》一書，岩老爹閉上眼睛回想小豐的臉龐。小豐特地選擇這本書，向周遭的人發出他的求救訊號。

那孩子的身旁正有個「吹牛喇叭」長期蹂躪他。無人發覺這個人的眞面目，他大聲開朗地歌唱，掩蓋小豐這個短笛微弱的求救聲。那個人正是撒謊成性的喇叭。

若是如此，那個孩子是不是希望能夠告發這個喇叭呢？

4

紺野警部補似乎有意誠摯回應岩老爹「不能視而不見」這句話。她三番兩次以電話報告事後調查的進展。

「接下來我會說出我的推測，不過這其中參雜了我個人的意見，或許並非很客觀。」

「嗯。」

「小豐身旁的某個人對他施加殘酷的虐待，這是不爭的事實，不過有些事尚未明朗化。」

「妳的意思是說，還不能夠斷定誰是兇手，是嗎？」

「是的。」

警部補的語氣變得既沉重又膠著。

「我個人認爲，從種種跡象推論母親石田良子最可疑。」

「他媽媽呀……」

「是的，而且他的雙親都會抽菸。」

警部補難掩傷痛的情緒敘述著小豐的狀況。

據說石田家的經濟相當優渥，他們居住在高級大廈，這棟大廈和周圍的平房或公寓有著天壤之別，住宅中加裝了二十四小時保全系統，擁有乾洗、叫車等飯店級的服務，還有專屬健身房，可說是超高級豪宅。

這幾年，岩老爹所居住的舊社區中也蓋起了這類的大廈。長年居住在這個地區的居民搬離後，大型建商逐漸進駐，宣稱臨海地區再開發，紛紛建起高樓大廈。這也無可奈何，時代的趨勢嘛。不

註一：日本文部省所規定的常用漢字一九四五個字中，不包含「喇叭」兩字。因此漢字「喇叭」屬於難寫或不常使用的漢字。

註二：二次世界大戰。

過死腦筋的岩老爹內心總是擔憂這個現象，建商宣揚新大廈的高級感與傳統的舊社區似乎格格不入，他擔心這樣的「異物」會不會成了亂源，引起社會的麻煩事。

「父親石田次郎先生是一家知名金融公司的員工。小豐五歲之前，他被公司派駐在華盛頓。」

警部補以簡潔有力的語調繼續說道。

「當時他們一家四口一起居住在華盛頓，在這之前待過倫敦。小豐是在倫敦出生的。夫妻倆的英文相當流利，都擁有相當高的學歷。」

岩老爹大吃一驚。

「那這對夫妻，怎會將孩子送到公立小學就學呢？」

警部補似乎露出苦笑。

「你說的沒錯。不過一般而言，歸國子女在某些狀況下不容易進入私立學校。有些私立學校會歡迎歸國子女，但並不多，所以一旦錯過入學考試，就只剩公立學校願意接收他們。」

「小豐他會說英文嗎？」

「是的。說得比我好太多了。他的父母比較擔心他會忘了日文呢。」

「是喔……」像岩老爹這種只懂一種語言的人，頓時也不知如何回應。

「所以說，母親良子女士目前最困擾的事，也是一般歸國家庭最常發生的溝通障礙……」

講白了就是無法適應鄰居之間的相處模式。

「家長在這種壓力下，情緒無處發洩，孩子便成了犧牲品，這是常有的事。小豐的導師也擔心他母親為了小事變得過度神經質。」

「所謂的小事是指什麼？」

「半個月前，學校舉辦了教學觀摩和家長面談。當時小豐的母親和其他媽媽們的意見相左。她提議校方規畫比較寬鬆的教學課程。」

據說那場教學觀摩會的氣氛相當尷尬，母親石田良子爲此久久無法釋懷。

「那麼重點是小豐他向妳或是學校老師告發了施虐的兇手是誰嗎？」

面對岩老爹的問話，警部補以嘆氣作爲回答。

「他不願意告訴我們。不知他是在袒護兇手，還是害怕兇手……」

「他的母親怎麼說？」

「她說她早就知道小豐的傷勢，擔心極了，幾度向學校反應。」

「向學校反應？」

「母親深信小豐在學校受到同學們的欺負。她哭訴她在家裡絕對沒有虐待小孩，一口咬定他是在學校被欺負了。她也常和先生討論這件事，最近已經打算告發到教育委員會。」

岩老爹開始思考。母親願意讓公家機關出面解決事情，表示她或小豐的父親不應該是我們懷疑的對象……

然而，紺野警部補似乎意識到岩老爹內心的疑慮，因此立即再做了解釋：

「不過，有些虐待孩子的父母會刻意採取這種態度。過去也曾發現類似案例。他們願意接受公家機關的調查，主張自己的無罪，如此一來就能夠化解其他人的懷疑。」

「也對……」

「不管虐待的程度有多嚴重，若加害者是父母時，孩子還是會袒護他們。畢竟那是他的父母啊。所以一旦施虐的父母說：『交由公家機關去調查吧！』聽到這種說法，孩子便心生恐懼，只好說：『已經沒事了。』懇求我們停止這麼做。」

岩老爹嚇得啞口無言。這不正是「吹牛喇叭」的翻版嗎？撒謊者大獲勝呀。

「我們必須再深入調查，目前警方無法公開發表意見。這段話請你務必保密。」

紺野警部補一再叮嚀後掛上電話。

岩老爹帶著鬱鬱不樂的心情度過那個週末。老闆無法提振士氣，也造成週六與週日的業績不佳。到了週一的下午，一位年輕男子造訪了田邊書店。

那是一個生臉孔，對方指名拜訪岩老爹。岩老爹看到訪客的名片後嚇了一跳。

「唉呀，原來你是石田豐的……」

「是的。我是他的班導師。」

他的名字叫宮永淳史。年僅二十五歲，爽朗地笑稱自己「還是個菜鳥老師」，外表看起來顯得既健康又陽光。

他造訪的理由不外乎是爲了小豐。那天岩老爹在這間辦公室發現小豐身上傷痕斑斑，今天又在同一個地方和他的老師相對而坐。

「之後狀況還好嗎？」

「目前虐待行爲似乎暫時停止了。」

年輕老師說道，嘴角浮出一道嚴肅的皺紋。陽光運動員型的外表下，唯獨那道皺紋能夠證明他是個背負擔憂的教師。

「可能是因爲事情鬧太大了。據說小豐的父母也相當擔心，兩人不斷商討這件事。」他欲言又止，含糊地說：「照這個情況看來，現在即便是小豐的母親也不會隨意動手吧。加上我們也會嚴加觀察小豐的情形。」

岩老爹專注地凝視這位年輕老師的嚴肅神情。

「所以老師你覺得小豐的母親嫌疑最大？」

宮永老師毫不猶豫地點頭：「我想不出其他的可疑人物。」

「老師在何時發現小豐身上的傷痕呢？」

一個小學四年級的男生，應該有許多機會在教室換衣服。而班導師也不可能不被那可怕的傷痕所震驚。

「據說這虐待的行爲是在一、兩週前開始的。」

宮永老師沒正面回答岩老爹的問題。

「這個情況應該沒有發生太久，而且剛好那個時候起，小豐的母親經常打電話來說：『今天請不要讓小豐上體育課。』所以我揣測……」

「直到小豐在我店裡偷東西爲止，你都沒發現任何異狀，你是這個意思嗎？」

宮永老師避開岩老爹的視線說道：「是的，我也相當愧疚。」

他彷彿在尋找話語，間隔兩、三秒後抬起頭說：「不過，我試著瞭解整個狀況。所以今天才會來拜訪岩永先生，打聽小豐在這裡偷東西時的情形。」

岩老爹親自爲客人端茶，他一邊倒茶，一邊說明當時的情形。宮永老師專心聆聽，聽完後說：

「當時小豐是偷哪本書呢？」

「我讓你看看。」

岩老爹出去拿了《吹牛喇叭》回到辦公室，這時候年輕老師已經抽起菸了。

「不好意思，我可以抽菸嗎？」

這算是事後許可，岩老爹說：「沒關係，菸灰缸應該在你旁邊。」

「我去看店，你就先慢慢讀這本書吧。」

當天有個工讀生請假，人手不足，因此店裡相當忙碌。然而岩老爹很好奇宮永老師的反應。他想瞭解宮永老師看完《吹牛喇叭》後，會露出怎樣的表情。岩老爹不顧唯一的工讀生在櫃檯前忙得不可開交，假裝回到店面，然後偷偷躲在門邊，透過細長的門縫觀察宮永老師的一舉一動。

《吹牛喇叭》並沒有特別複雜難解的字句，然而宮永老師卻幾度翻回前面，慢慢閱讀。期間他的菸一根接著一根，不停地抽著，辦公室充滿了煩躁的煙霧。

當他讀完最後一頁時，指縫間還留著很長的香菸。他突然間用力捻熄菸頭，菸蒂被他折成了兩節。他的指間夾著菸蒂握緊了拳頭，顫抖著，耳垂染成淡淡紅色。

岩老爹每回想起宮永老師當時的表情，至今仍會全身泛起雞皮疙瘩。

那是一張充滿憤怒的臉孔，絕非一個擔心學生的導師該有的表情。

那確實是「吹牛喇叭」的臉孔。

岩老爹領悟了宮永老師造訪他的理由。他忐忑不安，所以才會前來觀察敵情。

岩永老師來頌揚他的謊言，試圖讓大家懷疑小豐的母親，不是嗎？

頓時，岩老爹又圓又硬的腦袋像是機油充足且耐操的機械，安靜地啟動。

5

事情的後續發展是……

岩老爹試圖說服小豐的父母，這個週末讓小豐到橫濱的岩老爹兒子家玩。他希望藉此讓小豐轉換一下心情。

他向紺野警部補說明狀況，並且也請她幫忙說服石田夫婦。岩老爹計畫週六晚上住一晚，週日一早則帶小豐去看冰川丸（註），或是到中華街吃頓飯，過個開心的週末。

小豐的父母知道自己被懷疑虐童，因而聽到這個請求時，兩人臉色發青，擔心這是警方將孩子帶離家庭的手段，尤其這對母親而言格外殘酷。岩老爹在心中暗自向小豐的母親表示歉意，但仍然堅決執行這項計畫。

接下來的事，就交由紺野警部補來處理。

岩老爹回到久違的橫濱老家，兒子和媳婦盛大歡迎這位父親帶回來的小小朋友。兒子夫婦的優點就是容易溝通，一聽到岩老爹大致的說明後，他們也不多問、沒有任何怨言，立刻答應加入這個

註：停泊在橫濱山下公園岸邊的大型輪船，是著名的觀光景點。

計畫。

孩子只要過了十四、五歲就不再理會父母，也不肯陪父母。所以岩老爹的兒子媳婦一見到小豐，立刻回想起稔十歲時可愛調皮的模樣，非常開心地招待他。

稔這回卻沒什麼機會表現。這個週末，岩老爹的田邊書店暫時休業，因此他也無處可去。整個週六下午只能拖著一張苦瓜臉，在家中晃來晃去。

週六晚上，稔的情緒終於爆發了。當天岩老爹和兒子媳婦帶著小豐，進行簡單的橫濱觀光半日遊，晚上則享用一頓美食，並計畫明天去夢樂園（註）。回到家後，兒子和媳婦以及小豐三人玩起電動玩具。岩老爹起身上廁所時，稔逮到機會猴急地逼問岩老爹。

「爺爺，這到底是什麼狀況啊？」

岩老爹一臉不在乎地說：「怎麼啦？你不喜歡租借爸媽呀？」

「別鬧我了。」

「小豐今晚會睡在這兒。你可不可以空出你的房間？」

「爺爺！」

稔瞪大了雙眼，岩老爹竊笑說：「喂，稔啊，最近你是不是又半夜跑出去啦？」

「……這跟這件事有什麼關係？」

「到底有沒有？」

稔喃喃說：「有呀。」然後他氣憤地抬起下巴。

「可是啊！」這時稔的口水嗆到氣管，頓時咳個不停。岩老爹突然用手摀住他的嘴巴要他閉嘴，刻意壓低音量下了一個命令。

「告訴我你半夜溜出去與回來的路線。今晚我需要不讓人發現，偷溜出門。」

「爲什麼？」

稔的嘴巴在岩老爹壯碩的手掌下，發出含糊的問話。

岩老爹回答：「我要在附近把風。」

當晚岩老爹短短兩小時的把風就立即有了收穫。由於小豐被帶到橫濱的岩永家，宮永淳史老師可能是過度擔心小豐的狀況吧，他偷偷地躲在岩永家的車庫附近，試圖從窗戶偷窺屋內，讓守株待兔的岩老爹逮個正著。

紺野警部補也在附近，留守在車內待命。當宮永老師聽到警部補的高跟鞋發出響亮的腳步聲緩緩逼近時，他臉上的血色也隨之漸漸退去。

「我都快聽見他血色退去的聲音呢。」這是稔的感想，他好奇地問道：「不過爺爺，這到底是怎麼一回事啊？」

岩老爹依序說明事情的經過，然後說：「我拜託紺野警部補向宮永老師透露錯誤訊息。我要她轉述：『小豐說如果他能夠離開家裡，到橫濱的岩永先生家，在一個沒有任何危險和擔憂、沒有父

註：一九六四年開始營業的遊樂園，但因經營不善，已於二〇〇二年閉園。一九九八年，電影《大搜查線》曾於此地拍攝。

母和學校同學的情況下，便願意說出誰是施暴者。』這麼一來，我猜宮永老師肯定擔心得要命，他一定會想辦法接近我們家。」

「如果他問心無愧就沒必要做這種事囉。大可以光明正大地拜訪我們家，表明因爲擔心小豐，所以想了解情況。」

「你說的沒錯。」

宮永淳史的計畫是：接近岩永家後，試圖和小豐接觸，然後威脅他不能說出虐待的眞相。

「好可怕喔……，導師在學校是擁有絕對權力的掌權者。更何況小豐還只是個小學生呢。放學後獨自被留在教室裡，以體罰的名義遭老師虐待，他一定嚇壞了，根本沒辦法抵抗啊。」

更卑劣的是，宮永淳史爲了不讓事情外揚，竟然以小豐唸小學一年級的妹妹來威脅他。

「據說他威脅小豐：『如果你向父母告狀，我就懲罰你妹妹！』簡直是個魔鬼！」

宮永淳史的心機還不僅於此。他若無其事地隱瞞虐待的事實，這也就罷了，後來小豐的母親發現孩子的傷勢，質問他，他竟試圖嫁禍給母親。

「例如母親要求別讓小豐上體育課，這件事也被他利用了。先不管是誰做的，孩子的傷勢如此嚴重，根本無法上體育課，母親當然會提出這樣的要求。而他卻逆向操作，到處散播謠言：『石田太太試圖隱藏小豐身上的傷勢……』」

事後宮永淳史被帶到警局，而小豐剛睡著，稔在安靜的客廳內，一邊喝著熱騰騰的可可亞，一邊問道：「不過，爺爺，身爲學校的老師怎麼會虐待學生呢？」

這個問題過了一週答案才明朗。由於宮永淳史被捕後陷入極度亢奮的狀態，警方遲遲無法取得完整的供辭，加上媒體蜂擁而至，岩老爹不容易和紺野警部補取得聯繫，一直等了好長一段時間，才等到紺野警部補的事後報告。

「總歸一句，就是自卑感吧。」岩老爹說。

週日午後，開店沒多久，客人稀稀落落。岩老爹和稔並排坐在收銀台前。兩人都托著腮幫子望著前方，猶如一對感情甚篤的朋友。

「自卑？老師對學生感到自卑？」

「是啊。加上宮永淳史的精神狀態還停留在小孩階段，所以無法克制自己的情緒。」

岩老爹說明緣由。

「他是在教學觀摩和家長面談結束後開始虐待小豐的。也就是小豐的母親針對宮永老師的教學方針提出意見的那一天。石田太太要求『希望規畫比較寬鬆的教學課程』。現在回想起來，這句話應該就是引爆點吧。」

紺野警部補向當天在場的家長打聽當時的情形，據說宮永淳史聽到石田良子的意見，當場露出極為不悅的表情。其中一位母親說：「或許癥結在於石田良子，就算她沒有惡意，但她拿倫敦、華盛頓等地方來與國內的教學環境比較……」

「對小豐的母親而言，她只是很自然地比較國外與國內的不同。然而這個意見卻引起宮永淳史的酸葡萄心態。後來調查發現，當年岩永在找工作時，原本他最期望進入大型商社爭取外派機會，不過因為成績不佳，投的履歷全軍覆沒，並沒有獲得錄用。由於他唸的是教育學系，所以便順勢當了老師。他是一個典型地沒有任何教學理念的老師。」

「小豐實在太倒楣了。」稔感慨地說。

一個充滿自卑感且人格扭曲的老師，收了一個國外出生、擁有雙母語的小男孩學生。老師在學校擁有絕對的生殺大權，當這名老師忽然萌生邪念——不，應該說一時腦袋不清楚……

「眞可悲。」

稔彷彿咬下苦澀的東西，皺起了眉頭。岩老爹面帶微笑逗著他說：「對了，我想聊聊你半夜出遊的原因。」

「爺爺，你就是不肯放過我。」

「我想了很多，後來想出一個理由。你是不是愛上半夜才能見面的女孩？例如酒店的年長小姐，是不是啊？」

稔的臉竟然紅到耳朵，好比一顆紅蕃茄。

岩老爹只是隨便猜猜，沒想到竟然猜中了。這讓岩老爹顯得有些尷尬。

「嗯，這個嘛……我只是隨口問問罷了。」

岩老爹哼地一聲咳了一下。他頭上的匾額「藏書五萬本」，今天依舊在春陽下閃閃發亮。

5

chapte

第五章

扭曲的鏡面

1

久永由紀子在JR中央線的車廂內撿到那本書，一本被人遺忘在架上的書。

平時就算在架上發現雜誌或報紙，她也不會伸手去拿。即使在電車內無所事事、百般無聊，她也不願拿起陌生人遺留的東西。與其如此，不如呆呆地望著照映在玻璃窗上的自己。

以前她曾和公司的女同事聊起這件事，結果對方笑她：「沒想到妳這麼自戀呢。」當時對方的笑聲以及「沒想到」這句話，猶如刀割般深深地傷了由紀子的心，這份傷害遠超過那位女同事的想像。

那個同事一定在心理想，我沒漂亮到可以專心凝視自己。當時她並沒有把這樣的感受說出口——萬一說出口，她更不希望聽到對方假惺惺地安慰她說：「我不是這個意思啦。」——她只是偷偷在心裡滴血。由紀子是個多慮的女孩，她的猜疑心深植在她生活中的每個角落。如果有人能夠窺探由紀子的內心世界，猶如一個園丁挖起一株瘦弱的樹，卻意外發現根部紮根的範圍十分廣大，必定十分驚訝，築巢在她內心的根部竟是如此陰深龐雜，挖掘者肯定會被嚇得起雞皮疙瘩。

由紀子撿到書的那一天是週四。下午開始下雨，天氣預報說雨勢會持續到半夜。事實上，傍晚六點多由紀子離開公司時，外面已經近乎滂沱大雨了。

從公司步行約五分鐘就到神田車站。穿過剪票口，搭上往新宿方向的快速電車，再換搭普通電車可縮短通勤時間。但由紀子一直無法適應新宿車站的喧囂，光是站在人潮擁擠的月台上就會頭痛，因此平時刻意避開這條路線。偶爾下班後想去逛逛街時，她也是避開新宿站，特意搭車到中野逛街。同事們通常會約她到銀座吃飯或逛百貨公司，因此沒有人發現她這個習慣。

由紀子從神田車站上車，站在門邊握住把手。車廂內的人潮大約八分滿，乘客們身上的雨水味和水蒸氣，讓裡頭的氣息令人作嘔。由紀子嘆了一口氣，無意間抬起頭，發現了架上的這本文庫本（註一）。

如果那是一本雜誌，她或許不會在意，置之不理。而她會伸手拿起它，只因為它是一本文庫本。由紀子並非特別愛看書，更不是書迷，卻無法不注意它。因為她認為文庫本不應該是看完即丟，隨便遺留在電車架上的。

起初她以為有人忘了拿走，但不可能只記得拿走其他東西，獨留這一本文庫本。想必這位物主是個粗線條的人，他認為已經不需要這本書了，才會把它留在這個地方。

她右手提著包包，左手拿著雨傘。這時她將雨傘掛在電車座位旁的把手上，把包包換到左手，然後舉起右手試圖取走架上的文庫本。書在架子深處，因此她小心翼翼地踮起腳跟好幾次。看似中年上班族的男子坐在把手旁，他睡眼惺忪地睜開眼，偷瞄身邊的由紀子。

右手總算碰到書，抓起書的那一刻，彷彿周遭所有的乘客都在注視她，害得她十分尷尬。她立刻轉身面向車門，凝視照映在玻璃上的自己。玻璃上出現依然寒酸的下巴和粗短的脖子。玻璃上還照出了其他乘客，那些乘客就在她的背後、身旁以及快碰觸到手肘的地方，然而他們的視線已經不在由紀子身上了。

這本文庫本的書名是《紅鬍子怪醫診療譚》，作者是山本周五郎。由紀子雖然不是很肯定，不過似乎曾在高中時期聽過這個名字。

她看了封底的內容簡介，才知道它是一本歷史小說。老實說，她一點興趣都沒有，由紀子根本沒讀過歷史小說。

畢竟是自己撿來的書，索性隨便翻一翻，不料內頁突然散成兩半，在書的中間部分攤開來。由紀子有些驚訝，因爲書中夾了一個東西。

那是張名片。書裡頭夾了一張名片，難道物主把它當做書籤用嗎？由紀子用指尖拈起名片。

株式會社　高野工務店

業務部　昭島司郎

名片上印有公司地址、電話、傳眞號碼。背面上寫著：

住宅翻修諮詢服務　免費估價

是一張附帶文宣的名片。

AKISHIMA SHIRO（註二）……

註一：普遍來說，日本出版社在新書出版一段時間之後，會將作品再次推出尺寸較小、價格也較平實的版本，即為文庫本。

註二：昭島司郎的日文發音。

這個人就是書的主人嗎？他讀這本書的時候，拿自己的名片當書籤用嗎？看完後覺得不需要了，就把它留在架上下車了嗎？

這個人會看歷史小說，所以可能是中年人。但怪的是這張名片上沒有任何頭銜。如果是四、五十歲的人，應該會當上代理部長，至少也有個主任或課長頭銜吧。但上頭只寫「業務部」，這表示他只是一名小職員。這麼說，物主也可能是個年輕人，但難以判定。

她想著想著，電車已經抵達御茶之水車站。由紀子遭到下車人群的推擠，回神時，發現手裡拿著《紅鬍子怪醫診療譚》呆站在月台上。

由紀子覺得和這本書似乎特別有緣，也認爲這件事有點趣味性——她在電車裡偶遇了一本書。

由紀子換搭普通電車，迅速佔好座位，把包包放在大腿上，翻開第一頁，讀了起來。

隔天，她又在通勤電車中讀了《紅鬍子怪醫診療譚》，也順手把那張名片當成書籤，一口氣看完八篇短篇小說中的四篇，上班時又抽空看了兩篇。

由紀子任職的公司是個員工數約三十名左右的小規模貿易商，主要從歐洲進口清潔用品。這個業界有P&G、安麗等知名大企業，因此她們這種小公司生存不易。這家公司主要販售業務用清潔用品，客戶群多屬商務旅館，然而泡沫經濟瓦解後，目前正面臨前所未有的不景氣，飯店業哀聲連連，她們公司更不可能期望業績大幅上升，老實說就連保持現狀都岌岌可危。

由紀子主要負責總務工作，目前公司的狀況使她無事可忙。幸好直屬上司懂得體諒員工，他對由紀子說：「只要客人造訪時應對得宜，妳沒工作時可以看看書或雜誌。」所以她時常坐在辦公桌前翻翻粉領族的郵購雜誌，而今天則是趁空閒讀了《紅鬍子怪醫診療譚》。

江戶時代，幕府爲了服務沒錢看醫生的貧窮老百姓，開設了公共醫療機構。這部小說就是以這個醫療機構——小石川養生所作爲故事背景。男主角是剛從長崎遊學回來的年輕醫師，以他和養生所的主管醫師新出去定（註）做爲主軸而展開的一連串故事。劇情雖然有意思，每一篇內容也相當感人，但全書多屬無可奈何的悲傷故事。

故事如此悲情，讓由紀子更加好奇把書遺留在電車裡的人。他到底是怎樣的一個人呢？他在通勤電車中閱讀這樣的小說，而且將它遺留在車廂內……

想到這兒，她再度想起那張名片。

名片的主人和書的主人是不是同一個人？如果是，那麼可以猜想，昭島司郎是個愛看《紅鬍子怪醫診療譚》這類小說的男子。

然而由紀子單純地想，會閱讀這類小說的人應該以女性居多。她每天看著忙碌的男性上班族，難以想像現在的男性——尤其是跑業務的小職員會閱讀這類書？

若眞是個男性，那是學生的可能性比較高。如果對方是高中生或大學生的話，由紀子還可以理解。但這麼一來，那張名片又該如何解釋呢？

所以應該還是女性嗎？

物主是個女性，而她在偶然的情況下拿到昭島司郎的名片……

註：紅鬍子怪醫的本名。

想到這兒，由紀子又開始深思。她心想，一個女子擁有一個男子的名片，並且把名片夾在書中，這到底會是什麼狀況？

如果兩人有工作上的往來，例如對方是客戶或是上司，這位女子應該不會把名片當成書籤。換成是由紀子，她絕不會做這種事。萬一被人發現，麻煩就大了。

把名片當成書籤，這對名片的主人相當不敬，所以不可能使用上司的名片。況且，每當在電車裡翻開書就看見上司或是客戶的名字，這不是很不舒服嗎？

這麼說來最自然的情況是，這位女子和名片上的「昭島司郎」之間正維持著親密關係。情人或是……

或是夫妻吧。

若是如此，由紀子又想像起會把丈夫或情人的名片當成書籤的女人是什麼模樣。這樣一想，剛才的猜測好像又不太對勁。

男子的名片對她而言應該是非常重要的東西。至少不會隨意將名片當成書籤吧。

唯一的可能是，「昭島司郎」已經升遷或換了工作，所以不再需要這張名片。一個愛看書的女性，把丈夫或情人不用的名片拿來當書籤使用，這樣想就通了。

如果不是這樣，難道是那女子隨身攜帶暗戀對象的名片嗎？不過那應該會藏在證件夾裡面吧？

她東想西想，想像空間越來越大，有一股衝動渴望證明自己腦袋中的猜測。而且，要確認這件事似乎並不那麼困難，因爲她手中握有線索。她可以去拜訪名片的主人，一切謎底就可以解開。

只有一個問題：這樣做到底有什麼意義？

久本由紀子回想自己一路走來的人生——雖然只有二十五年——發現自己從未懷抱任何夢想。她是一隻金魚，了解自己所處的魚缸有多大。沒人教她，她就是知道。

這個事實呈現在她凝視的鏡子裡。殘酷地，赤裸裸地寫在鏡子上。由紀子不是電影女主角，也不是小說中的灰姑娘。就因爲她非常清楚這一點，所以不對未來抱持任何期待。

沒有期待，至少可以免於傷害。

若靠著這張名片聯絡上昭島司郎，和他見面……，由紀子太瞭解見面後會有什麼結果。她猜昭島司郎有個和由紀子同世代的女兒，應該是個中年男子吧。名片上沒有頭銜，也可能是名即將退休的窗邊族（註）。他除了憐憫自身處境，卻也無可奈何，不屑公司硬把小職員般的名片塞給他，所以才會把它拿來當成書籤——這就是由紀子想出的劇情之一。

再想另一個劇情吧。這回將昭島司郎換成和由紀子年齡相仿的青年。由紀子與他相約，昭島答應見面，也覺得由紀子的行徑十分有意思。

接下來，就沒有後續了。故事總在瞬間結束。昭島司郎向由紀子道別，等由紀子走了之後，他笑著對高野工務店的同事們，以及借他這本書的女友說：「今天有個奇怪的女孩來找我。」

他會面帶微笑對女友說：「不過也好。因爲她，我才能找回妳借我的書呀。」由紀子彷彿聽見他說話的聲音。她想像著一個素昧平生的男子的聲音。

註：日本企業為了組織上的新陳代謝，刻意將那些德高望重上了年紀的主管，或跟不上公司步調的資深幹部，轉調閒職，集中在一個辦公室，靠著窗子納涼。

所有的劇情都浮現在由紀子凝視的鏡子裡。鏡子不斷提醒她：唯有這樣的人生才配得上妳這樣的長相的人，未來不會有任何喜悅或驚奇等著妳。

由紀子不認爲這是幻聽。她就像包裹裡快發霉的橘子，篩選後讓人粗魯地擱置在一旁——她深信自己就是那顆橘子。

而她不停地凝視眼前的鏡子，也相信鏡子裡的眞相。她不哭也不笑，只是不停凝視。她也不願去瞭解這面鏡子是扭曲的。這就是久本由紀子這個女孩的個性。

那天是週五，下班後由紀子和女同事出去喝茶，七點左右回到公寓。她吃完簡單的晚餐後又開始讀起《紅鬍子怪醫診療譚》，看了一會兒睡意就來了。

然而讀到《紅鬍子怪醫診療譚》的最後一篇〈冰塊下的幼苗〉，由紀子深深地被故事劇情吸引，頓時睡意全失。

故事中有個名叫阿榮的年輕女子。她的雙親把孩子當成生財工具，阿榮刻意裝成白痴以保護自身的貞操。她到蠟燭批發廠當女工，後來懷孕了，也不知父親是誰，連她都說：「忘了對方是誰。」而阿榮決定生下孩子，獨自扶養長大。

阿榮說：「男人就像一輛隨時可能壞掉的車子。」

阿榮的母親迷戀男人，爲了享受情慾，甘願賣掉自己的孩子，讓孩子承受殘酷命運的摧殘，卻毫不在乎。她在成長過程中目睹了母親的自私無情，以及那些男人如何玩弄利用母親，她就在這樣的環境下，說出如此犀利且殘酷的結論。面對阿榮的話，養生所的年輕醫師也無力反駁。

然而由紀子的想法也和阿榮一樣。小說中人物的話語彷彿賞了她一巴掌。原本在桌上托著腮幫子讀著這本小說，頓時聳然挺直腰背。她生平第一次感到如此地震撼。

「男人都一樣。」阿榮喃喃地說：「不要擁有男人，女人或孩子就不必受苦。」

一股涼意竄過頸部，由紀子不由得撫摸脖子。

這只是小說，由紀子提醒自己。而且，以前的女人不得不這麼想，這已經是好幾百年前的故事了。時代不同了，現在是……

眞的不一樣嗎？

不懂，由紀子對自己搖頭。唯一可以確定的是，她從未有過這樣的想法。

由紀子再度凝視鏡面。鏡子裡的那張臉期待被選擇，卻又總是讓她失望。

從學生時代就是如此。她總是想著，自己能夠再漂亮一點該有多好。找工作時，她更是強烈感受到這一點。即便在小公司，她還是聽見同部門的男同事，偷偷地拿其他部門新進女同事來跟她比較，雖然他們不會明說，但她卻頻頻感受到他們心裡的聲音：眞倒楣，爲什麼我們部門只有這種醜女。

由紀子深信自己並未誤會，她的生活主軸就是繞著這樣的思緒打轉。

自己不可能被人選擇。自從帶著這張臉出生的那一刻起，她就被剝奪了人生的幸福。而且她的身材也不好，就算花光所有年終獎金，去上減肥塑身課程，也不見明顯的效果。她的身材猶如一頭鈍重的牛，長相不曾吸引路過的男人任何注目。

有一段時間她認眞考慮整型。她發了狂似地閱讀整型改變人生的經驗談，認眞思考整型的可能性。但最後沒有付諸行動。因爲有人對她說：不管整型後變得多美，知道的人還是能夠立刻看穿。

說這句話的人不是別人，正是由紀子的母親。

「就算在臉上動刀也是沒用的。妳不可能和父母、親戚斷絕關係，一個人孤孤單單過一輩子。總有一天，一定會有人揭穿妳整型的事實。既使沒人說，但人家一看就穿幫了。」

接著又來個最後一擊。

「我告訴妳，人都會老。會煩惱長相只有年輕時那幾年而已。把眼光放遠一點，仔細思考自己的人生吧。」

由紀子心想：問題就在這幾年，我就是要這幾年。但她已經沒有力氣反駁母親。

整型醫師試著說服她，只要遇到好醫生，接受良好的手術，就能夠擁有一張自然的五官，一般人絕不會發現。然而由紀子卻深信，即便如此，就算整型後擁有了自信，獲得期盼中的人生，然而家人中的其中一人——那或許是母親，也可能是總愛嘲笑由紀子的哥哥，或是只有木訥這一項優點的父親——一定會對外透露這個秘密。大家會試圖聯合拖垮我，要我知道自己有幾兩重。

她只能悲觀地這麼想。

那只是一篇小說，是個虛構的故事。但故事中女孩的一句話，深深地撼動了由紀子。一直以來，她將自己關在一個膚淺的世界中，如今那句話猶如閃電般貫穿她的腦袋。

從過去到現在，我可曾思考過自我獨立？就像這個阿榮，我是否認眞想過如何開創自己的人生？

六張榻榻米大的房間加上三張榻榻米大的廚房，久本由紀子窩在自家舒適的公寓裡，成天只會望著鏡子。但在那個週五的晚上，她停下一切的動作思考著，自己可曾想過獨自過活的意義？

出其不意地，她心中猛然湧上一股衝動，想找出這本書的主人。她想見見那位把這本書遺留在電車架上的人。

2

岩老爹對這個男子起疑時，他已經在田邊書店待了半個小時了。

不論店內如何擁擠，依然能夠掌握店內客人的動靜，這就是專業。說專業聽起來好像很厲害，不過這應該算是一種習慣罷了。自從岩老爹負責經營田邊書店後，一年只休息幾天，一天到頭坐在櫃檯前。自己的肺或是胃裡的狀態只能透過X光片才能夠看清，而岩老爹對這家店內的瞭解，遠超過對自己體內的瞭解。

男子進入書店後，和其他客人一樣穿梭在文庫本或新書書櫃之間，彷彿在物色有趣的書。當他穿過其他客人的背後，忽然探頭偷窺別人手上的書，對方面露不悅，回頭看他。

雖然他動作有些詭異，但並不是特別引人注意。星期六的午後，田邊書店內的右半側充滿翻閱漫畫書的國小、國中學生。岩老爹不得不把注意力投向那一邊。

如果稔在該有多好……，他的腦海裡閃過這個念頭，但又立刻打消。

人稱岩老爹的岩永幸吉，六十五歲。已故好友託他代管這家舊書店，他的書店老闆生活已經漸漸進入狀況。他在木材批發商順利工作了四十年，當初對於舊書店的經營知識幾乎是零，不過這世界上只要有心就能夠成功。不，應該說只要一個人肯努力進取，這個社會偶爾也會特別禮遇他。

然而，岩老爹這個門外漢能夠在無風無浪的情況下，培養出舊書店老闆的架式，這都得歸功於十六歲的稔，岩老爹唯一的不成材的孫兒。

稔是岩老爹唯一的孫子，他與忙碌的父母同住在橫濱，過去只要一到週末就會到田邊書店幫忙。他從週六的下午工作到晚上，在岩老爹家中睡一晚，隔天週日又工作到傍晚，然後說：「爺爺，下週見囉！」後便搭上橫須賀線電車回家。他們過去的生活是如此。

這孫子當然會索取相當金額的薪資。不過當今有許多當孫子的只會向祖父母要零用錢，整天混在新宿、澀谷、原宿一帶，比起那些孩子，岩老爹的不成材孫子還願意以勞動換取報酬，可說是相當罕見的。

不，不能這麼說。以前可以這麼說，但那已經是過去式了。因爲上個週末岩老爹和孫子稔大吵了一架。

事情起因於稔每晚半夜逗留在外。

岩老爹和稔吵架一事造成的傷害比他想像中嚴重許多，於是他找來了田邊書店的已故老闆樺野裕次郎的兒子，樺野俊明。

岩老爹劈頭便抱怨：「稔經常半夜在外徘徊呢。」不料俊明回說：「那還眞有情趣呀。」開什麼玩笑，一個十七歲的高中生，幹嘛沒事半夜想俳句（註一）呀！不是俳諧，是徘徊（註二），就是四處流連的意思。這個現象已經持續三個多月了。

岩老爹立刻猜到這可能與異性有關。於是他決定採取靜觀其變的態度。若在舊時代，稔早已是成年的年紀了，也該有一、兩個對象了吧。如果他完全不爲女色所惑，反倒令人擔憂呢。

然而岩老爹這樣的態度在發現稔的對象是何方神聖後，出現一百八十度的轉變。稔暗戀的對象今年二十七歲，比他大上十歲。而且職業竟是酒店小姐。並不是女大學生身穿緊身洋裝，在晚上打打工而已，對方可是貨眞價實的專業酒店小姐。

不論工作性質爲何，岩老爹相當尊敬各行各業的專業。在早期，聯絡船還拖著木筏穿梭在新木場（註三）的貯木場之間的年代，岩老爹直到退休前一天都還能夠輕鬆地走在木筏上，比過馬路還要自在，這就是他的專業所在。而他也受到符合專業的待遇。因此他認爲必須同樣尊敬其他行業的專業，這是他基本的態度，其中沒有任何歧視或偏見。

然而岩老爹畢竟是個祖父，他疼愛這個十七歲不成材的孫子，況且這對祖孫的關係比起一般的祖孫親密許多，遠比一般人親密三倍。而且彼此溝通順暢，就算互吐眞心話，依舊能夠繼續合作。總之他們的互動相當良好，算是當今罕見的祖孫關係。

在岩老爹的眼中，稔非比尋常的暗戀對象，猶如八級震度的天災，嚴重衝擊祖孫之間的感情。這不是歧視也不是偏見。但他疼愛孫子。擁有道德良知的岩老爹，根本無法溫和地面對這種情況——一個十七歲高中生與二十七歲酒店小姐的戀愛。道德良知這種東西一旦住進人們心中，就會佔據相當大的位置。

註一：日本傳統短詩。

註二：日文中，「徘徊」與「俳諧」同音。俳諧意指歌詠俳句。

註三：地名，位於東京都江東區，荒川出海口一帶。

岩老爹不知道對方的名字。有一次稔想告訴他，但他卻摀住耳朵不肯聽。不想知道名字，更不想見到本人。萬一見到對方，發現她其實是個好人，那不就等於自己掐自己的脖子嗎？

據說稔是深夜在便利商店認識她的。月考期間，稔到附近的便利商店買宵夜，因而巧遇了她。

「當時貨架上只剩一瓶牛奶，我和她有點像在搶那瓶牛奶。」

稔十分害臊地敘述著他們邂逅的故事。

「結果對方把牛奶讓給了我。當時她對我說：『你常來這裡吧，我以前也看過你。』我確實每次考試期間都會去那家便利商店……」

她說自己在酒店上班，下班後想買東西時，這家店最方便。

「隔天，不曉得為什麼，我的心情特別好。我想不知道她會不會出現在那家便利商店，所以在同一時間又去了那家店，過了一會兒果眞她又出現了……」

於是兩人決定相邀一起吃宵夜，到附近的二十四小時營業的餐廳用餐。這就是一切的開始。

上週末岩老爹和稔大吵一架。那時候稔與對方的關係已經有了進一步的發展，他開始進出對方的住處。岩老爹氣憤地說：「你隨便進出人家家裡是想幹什麼！」稔回說：「我說我們在打撲克牌，爺爺就安心嗎。」這時候岩老爹拿出傳家寶刀，用他四十年扛木材鍛鍊出的蠻力，把稔痛打了一頓。

從此稔就未在田邊書店出現。

他的父母，也就是岩老爹的兒子媳婦也毫無消息。岩老爹內心焦躁，胃都快燒焦了，但電話始終不曾響起。

樺野俊明聽了狀況後說：「岩老爹，暫時保持一段距離吧。」他也只能說一些任誰都會說的安慰話。談到男女關係時，不論與任何人討論，大家的反應通常都是如出一轍的只會回答標準答案。畢竟沒有人能夠對自己的答案負責，也就只能提供猶如安全刀片般不痛不癢的溫和建議。

若是俊明認眞起來，他也不是沒有勇氣說：「好！我去和對方談判，讓他們兩人分手！」然而他非常清楚這是相當危險的做法。這著奇招可能讓稔和岩老爹的關係降到冰點，像是冷戰時期的美蘇關係。俊明非常、非常了解這其中的危險性。

這就是目前的狀況。岩老爹坐在生意興隆的田邊書店櫃檯前，心情猶如被驅逐到外島的流放者。每當他嘆氣，期盼稔能在他身邊，他便立即打消這樣的念頭，好比驅趕飛舞在臉前的蒼蠅。然後又忍不住嘆氣，接著再度提醒自己。總之他成天都在反覆這個動作。

所以那位男客人剛開始做一些怪異行爲時，岩老爹也未能立刻查覺。如果稔在身邊，而岩老爹還是個和藹的爺爺，他們倆就能夠在第一時間制止他。但如今情況不同了。

正因爲如此，當岩老爹發現後，他的反應比平時粗魯許多。正當男子霸佔了歷史小說文庫本的書架鬼鬼祟祟時，岩老爹抓起對方的手臂大聲地說：「客人呀！你到底在幹嘛？」男人縮起身子，店內所有的視線全集中在他們兩人身上。

這名男子，就是昭島司郎。

「你要把名片夾在舊書裡……，是吧？」

岩老爹把櫃檯交給工讀生，半推半拉地將昭島抓進辦公室。聽完他的話之後，岩老爹只能驚嘆道：「這或許的確是種新的宣傳手法呀。」

昭島司郎年約三十出頭，圓圓的眼睛討人喜歡，卻有一個看似意志堅定的大下巴，讓他的五官顯得有些不協調。他說他在一家工務店擔任業務，專門負責獨棟房子或大廈的改建與內裝。

「我們公司沒什麼資金，無法大肆宣傳。」

突然，他將身體傾出桌面，興高采烈地說：「創意最重要！」

「我還蠻愛看書的，常逛書店，也來過幾次這家店。老伯，你不記得我嗎？」

岩老爹板著一張臉，搖搖頭。不巧最近滿腦子都是稔，無心留意客人的長相。他現在才發現自己怠忽職守，不由得對自己發脾氣。

昭島司郎不會因爲岩老爹心情不好就氣餒。他語氣開朗地說：「大概半個月前吧。我在這裡買了一本書，書裡面出現一張名片。我當場覺得，就是這樣！把名片夾在書裡，至少有一個人會發現它吧！」

於是他每每來到田邊書店，趁岩老爹或店員不注意時，從書架取下書，迅速地把自己的名片夾在書中。

「我也曾到一般書店嚐試這樣的做法，可是客人多，店員也比舊書店多吧。不容易執行呢。」

「所以說，你已經在我家的書裡面，夾了好幾張名片囉？」

本週岩老爹心裡老掛慮著稔，沒想到竟發生這種事。

昭島司郎毫不愧疚地笑說：「是啊！不過我不會夾在青少年書籍或是新書裡。我要找的是擁有自己的房子、需要改建的年齡層。他們多半會買商用書或是精裝的專業書。文庫本就要選歷史小說或是非文學類。我不是沒有認眞研究過，這可是花了我不少心思呢。」

岩老爹很想脫下襪子，把憤怒的話裝進襪子裡，用它來揍這傢伙！他拿出這份氣勢怒斥他。

「我要你別再花這種心思了！請離我的店遠一點！你不是我的客人！」

被痛罵的昭島司郎好比一隻差點被潑水的野狗，狼狽地匆匆忙忙逃走。隨後岩老爹偷偷反省自己，雖然昭島司郎的行徑確實無禮令人不悅，但岩老爹當時的憤怒中，可能也參雜著個人的情緒。

昭島司郎大概不會再來田邊書店了吧。就算來了，應該也要隔好一段時間。不過他不要臉得有點離譜，或許他會一臉沒事地再度回到店裡……

該不該打個電話問問稔的狀況？不然我也會擔心呀……

岩老爹一邊從書中抽出昭島的名片，一邊想著，自己太早行動的話根本無法消氣，還是等半個月再說吧。就這樣，岩老爹忙碌地度過兩個沒有稔的週末。月底的週一一早，翻開報紙的那一刹那，他嚇得差點把嘴裡的假牙吐出來。

「爲情所困？情侶投海自殺！」

聳動的標題印入眼簾。地點在晴海。昨晚一輛轎車在不煞車的情況下，快速衝入東京灣，直接落入海裡。駕駛座的女子和一旁的男子雙雙死亡。警方從水深五公尺處連車帶人拖上岸。

報上記載那對男女是高野工務店的員工。女子名叫能勢靜江，三十五歲。而男子的姓名是——

昭島司郎，三十歲。

3

久永由紀子一路走來已經經過三間電話亭了。猶豫了好長一段時間，她終於鼓起勇氣打電話到高野工務店。把想法付諸行動——即便這股衝動有多麼強烈——這樣的行徑對由紀子而言需要莫大的勇氣，好比從天橋往下跳的勇氣。

「我找業務部的昭島先生。」

她快速地說完，頓時喉嚨梗塞彷彿無法呼吸。接電話的女子並沒有詢問她的名字，只說：「請稍等。」然後由紀子聽著待轉接樂聲，那是「環遊世界八十天」的音樂。碰巧這和由紀子家中的答錄機鈴聲相同，因此讓她莫名放鬆不少。

過了一會兒，音樂消失，換來卡噠卡噠刺耳的聲音。似乎是電話附近有人粗魯地拉開椅子坐了下來。由紀子胸腔深處的心臟，好比幼稚園的孩子在練習行進一般，跳躍了兩、三次。

「讓您久等了，我是昭島。」

業務員標準的應答。他有宏亮的好嗓子，口齒也相當清晰。由紀子握著話筒，保持同樣的姿勢，全身僵硬。

她想，是年輕人的聲音啊。對方是個年輕人，那麼這會符合她幻想中的那一個情節呢？難道是他的情人或妻子用了他的名片嗎？

「喂？喂喂？」

爽朗的聲音不停呼喚著。

由紀子大口深呼吸，空氣突然變得黏膩猶如麥芽糖，她不論吸氣吐氣都感到十分艱難。

「木村小姐！是誰打來的？眞的是找我嗎？」

電話那端傳來吼叫聲，可能是昭島司郎正向接電話的女性抱怨。

「啊？不可能啊。確實有個女生……」

接電話的女性說著，再度接起電話：「喂喂？」

由紀子彷彿打開了不該開的門，急忙關門似地掛上話筒。咔嚓！掛斷電話的聲音傳到她的鼓膜裡。

然後，她久久喘不過氣來。

打電話不行。

等待的過程會消磨她的勇氣。只要掛上電話就能逃開，就算打再多次，萬一又在緊要關頭氣餒，結果都是一樣的。

雖然荒唐，但與其如此不如直接拜訪他吧。必須把自己逼向無法逃脫、無法有任何託辭的境地。

爲此，由紀子請了一天假。她難得請年假，因此上司詢問她的請假理由。她回答：「因爲喪事。」上司便立刻答應了。

由紀子覺得自己的理由乏善可陳。她想，至少可以謊稱相親或是約會吧。難道在上司眼中，我只是一個會拿喪事用掉自己年假的女孩嗎？

這時，由紀子又快氣餒了。不過〈冰塊下的幼苗〉中，阿榮的一句話鼓舞了她。由紀子一而再、再而三，反覆讀著這一句話。

我遇到一篇小說，它啓發了我。而那個人製造了讓我遇見這本書的機會，我就是要找出那個人。這絕不是羞於見人的事，也不是不自量力的事。我將爲自己採取行動，這對現在的我而言，比任何事都重要。

我決定不再等待了。

那是將近月底的週三。由紀子循著名片上的地址找到高野工務店。這間公司位於由紀子最討厭的新宿，在一棟四層樓的大樓中，左方還可看見新宿的層層高樓。一樓大廳外牆是一整面的豪華落地窗，華麗得讓人膽怯。玻璃十分光亮，即使站在門外，都能看見櫃檯小姐絲襪上的破洞。

進了自動門來到大廳，光是這樣的動作就讓由紀子在街上遲疑了十分鐘。午休前十分鐘，十一點五十分。這個時候，跑外務的業務們也會回到公司，快接近午休了，應該不會妨礙對方的工作。如果繼續猶豫不決，昭島司郎可能會和同事外出用餐，這麼一來，由紀子又得等上一個小時。等待的時間恐怕又會削弱她的決心。

我得趕快進大廳呀！

由紀子心慌焦躁，這時候有個東西推了她一把。那是秋天的神。她身後的白楊街道樹，飄下一枚枯葉，落在她的肩上。由紀子誤以爲有人碰她，嚇得急忙回頭，枯葉劃出優雅的弧線，從她肩上滑落到柏油路。

這一枚落葉讓她拋開包袱，由紀子走向自動門。

昭島司郎比由紀子想像中更年輕，也相當隨和。上身披上業務用的制服，不過由紀子立刻辨認出他的襯衫及褲子都是高檔貨。母親長年任職於紳士服批發商，因此她對自己的眼力頗有自信。他的左手袖口露出了手錶，除非那是仿冒品，否則那也是由紀子在雜誌上看過的進口名牌。他既然挑選如此高檔的衣服，也該相當講究自己的手錶。

過去的由紀子只要遇到這類的男性，她會畏縮得連「早安」都說不出口。不，就算現在，要是她回過神來，肯定是滿臉通紅。平心而論，她與這位男性並沒有任何瓜葛，然而她卻親自跑來找人家，打算討論文庫本如何如何。萬一她回神察覺到此時此刻的處境，肯定希望當場消失。

然而由紀子沒有逃離現場，她完成了她的任務，只因為昭島司郎以笑容回應她。對方歡迎她的造訪。

「原來《紅鬍子怪醫診療譚》到妳那邊啦。原來如此。」

昭島開心地露出笑容，做出用拳頭捶著櫃檯的動作。他們倆站在高野工務店三樓的業務部櫃檯前交談。路過的員工們對他們投以好奇的眼光。

「其實啊，那是一種新的宣傳手法……」

昭島開始說明緣由。由紀子聽了目瞪口呆。這麼說，昭島司郎並沒有看這本小說囉？

「我是在一家叫田邊書店的舊書店，夾進那張名片。」

他說明書店位在老社區的什麼地方，然後說：「這家書店原本是一位我的熟人常逛的書店。開在那種地方嘛，所以店面很小，一個老伯坐在櫃檯，努力經營這家小書店。沒買東西就走，實在過意不去，於是我就選了幾本書拿到櫃檯結帳。對了，對了，妳撿到的那一本就是那個熟人推薦我看的書。我記得書名，所以那時候就買下它。不過我根本不看小說，於是那天搭上通勤電車就把書放在架上。當然這也是爲了刺激業績囉！」

理由竟然如此單純。

由紀子感覺到自己肩膀上的力氣瞬間消失了。世上會有這種結局嗎？

昭島開朗地持續談論著其他事，他的聲音從由紀子的右耳穿過左耳。

過去，由紀子總以爲自己不值得讓任何人挑選她。總以爲自己只能夠孤孤單單躲在角落，只有被人放鴿子的命。總以爲，只要她追求什麼，對方必定嫌棄她。

不過，今天這個局面又該如何解釋？她追求的對象，竟讓她失望了。

這人並沒有讀〈冰塊下的幼苗〉。他沒有讀到阿榮的那句話，所以才能夠輕易地丟下那本書。

由紀子在不知不覺中露出微笑。昭島閉上嘴，露出燦爛的笑容。

「有什麼事那麼有趣嗎？」

「不，沒什麼。」

由紀子也以笑容回應他，因爲實在太有趣了。

「因爲名片才有了這個緣分，還讓妳特地跑來找我，照理說應該再多聊一些，不過我接下來還有工作呢。」

這顯然是個藉口，不過由紀子笑著接受。她心想，就算你約我，我也不要。這樣的想法是她有生以來第一次的經驗。

她走到電梯口，回頭再看一次。敞開的門的那一端，昭島在辦公室裡，正和一位女性聊天。這位女性比昭島年長一些，身穿套裝、姿勢優美，兩人頭靠得很近。昭島笑著，但對方卻沒笑。超短髮的她，髮尾十分俐落，素雅的妝和眉清目秀的側臉，讓人感覺到她的知性美。或許她是昭島的上司……

但由紀子又想，不過，或許不止喔。

昭島刻意避開同事們的眼光，偷偷伸手輕捏對方的右手肘。若不是兩人的關係親近，否則無法做出這樣的舉動。

由紀子注視太久，兩人發現後回頭看她。昭島唯有嘴角殘留著淡淡微笑，女性卻沒有笑容。女性有一張完美無暇的臉龐，但從正面看卻發現一個不協調的地方。左邊眉毛的正上方有顆明顯的黑痣。

由紀子背後的電梯門開了。她從兩人身上移開視線，跨步走向電梯。

從此她再也沒見過昭島司郎。

《紅鬍子怪醫診療譚》也留在她身邊。名片則丟了。她認爲沒必要把沒看過這本小說的人的名片夾在書中。

然而，造訪高野工務店的五天後，由紀子竟然在報紙上看到昭島司郎的名字。

「爲情所困？情侶投海自殺！」

4

那個年輕女孩一踏進店裡，岩老爹立刻注意到她並不是一般的客人。

她彷彿在尋找什麼——進來書店卻在找書以外的東西，她絕不是普通的客人。

她身穿素色的套裝，髮型也非常簡單，並不是特別亮眼的女孩，不過氣氛柔和，在岩老爹眼中十分美好。他猜想她會不會來跟我說說話呢？

接著，女孩做出奇怪的舉動。她站在歷史小說書架前，從角落取出一本本書，隨便翻翻又放回去，似乎並沒有閱讀其中的內容，因爲她放書回去的速度太快了。

當時正值傍晚，店內點起了燈。這是下班後的上班族經常出沒的時間。客人比往常少一些，因此岩老爹能夠坐下來慢慢觀察她的一舉一動。

女孩繼續她怪異的舉動，彷彿在尋找夾在書中的某個東西……

這時候，岩老爹忽然想起一件事。前陣子有個業務經常到店裡來，偷偷在書裡夾了自己的名片，而他年長的女友拖著他一同尋死。最近才剛看到這一則新聞呢。

那個女孩到底是……

岩老爹起身緩緩接近女孩，對她說：「客人，妳在找什麼東西嗎？」

名叫久永由紀子的女孩，喜滋滋地拿起岩老爹替她泡的焙茶。「最近早晚變涼了呢。」女孩說出中年婦女才會說的開場白。

岩老爹覺得她是個文靜、不懂得主張的女孩。她把沉默當成金科玉律，她似乎活在這樣的人生觀底下。

岩老爹問她來店裡的理由，她以沉靜的口吻緩緩道出。然而，當她談起〈冰塊下的幼苗〉中的阿榮時，顯得極爲亢奮。

「從來沒有一本小說讓我如此驚訝。」

由紀子露出淡淡微笑說：「我這樣說或許有些奇怪，我們這個世代的女性，除非跟一個非常極端的男人在一起，否則不會因爲一個爛男人而毀了自己的人生。因此那樣的故事就好比童話般沒有眞實感。所以我從來沒聽過『男人就像一輛隨時可能壞掉的車子』這樣的說法。」

岩老爹忍不住笑出來：「妳會這麼說，表示妳很幸福啊。」

岩老爹認識幾個女性，即便是活在現代，還是遇到爛男人而吃盡苦頭。

不過……，岩老爹又想，或許這個女孩說的沒錯。社會在改變。男女間的相處模式也在轉變。他忽然想起稔。不過他還只是個高中生呢，想到這兒，他又封殺了自己的念頭。

由紀子繼續說道：「我的人生不像阿榮那樣。雖然我不能活得像她一樣，但她的堅強深深吸引了我。我一再一再尋找，卻找不出任何解答，不過這本小說竟然輕輕鬆鬆丟出一個答案給我。所以我想見見那位把書留在電車架上的人，所以才會去找昭島先生。」

「他的下場令人痛心呀。」

岩老爹不自覺地皺起眉頭，然後望了店內的一角。那是昭島司郎勤奮地偷夾名片的地方。

「小姐，妳瞭解事件的詳細情況嗎？」

由紀子搖搖頭。「我只是在報上看到而已。」

「我也跟妳差不多。不過，今天上市的週刊報導了他們的事。」

昭島司郎是個機伶的年輕人，他也清楚自己擁有這項才華。不過這世界上的運作比他的視野更廣更寬，他的人生中，似乎忘了把這一件事放在腦袋裡。

他欠債累累，股票輸錢背負了龐大債務。為了塡補破洞，他到處向友人借錢，更誇張的是他竟然挪用公款。

不過，一個小業務不可能輕易盜取公款。協助他的人就是他的上司，也是多年來的情人，能勢靜江。她個人也在昭島的懇求下，提供不少錢財。

由紀子看著雜誌上的死者照片，忽然開口：「能勢靜江小姐就是那天我看到和昭島先生在一起的女性。」

靜江的左眉上，有一顆明顯的黑痣。由紀子憑著那顆痣認出她來。

昭島和靜江都是單身。靜江急於結婚，然而昭島卻不怎麼積極。報導上，並沒有提及兩人的戀情是怎麼開始的，如今已經無從得知了。

警方推測，當晚兩人為了殉情從碼頭駛向大海。有目擊者表示曾在汽車落海前，聽見兩人在車中爭吵。目擊者是個中年上班族，他平時習慣在晚上到碼頭邊慢跑。他還說，過去也曾看過昭島和靜江把汽車停在船埠旁，觀賞夜晚的海景。

他倆殉情的眞正原因已經不得而知。不過明年初，稅務機構將到高野工務店查帳。因此公司內部開始進行會計帳簿的審核，以備查帳。靜江可能是害怕被人發現盜領公款，走投無路了。

岩老爹眼中的昭島司郎是個反應敏銳、態度強勢、自己認爲好的事情就會立刻執行的男人。如果不是這種人，就不會在舊書裡夾名片，更不會歡迎因名片而結識的女孩。

久本由紀子拜訪他時，可以想像他是打從心底表現他的喜悅。他發現自己所做的事有了回應，應該相當得意吧。所以他的態度友善。他面帶微笑迎接由紀子，這個微笑是出自於他的自我滿足。

「當時，靜江小姐一直看著我。」

由紀子瞇著眼睛回想當時。

「不知她當時在想些什麼？」

岩老爹想了一會兒，緩緩開口說：「小姐呀，人只要一談戀愛就容易迷失，自以爲自己很瞭解對方，但談了戀愛就猜不透對方了。」

他又不經意地想起稔。這小子不知過得好不好？他可是我的孫子，還是個十七歲的小孩呢。現在到底在做些什麼呢？

「老闆，」由紀子叫了岩老爹。「我有一個疑問。不曉得靜江小姐有沒有來過這家書店呢？」

岩老爹一臉困惑，老實說眞的不知道。「我不可能記得每個客人的長相啊。」

「我想也是。」由紀子點頭後轉頭看了店內。店內客人稀稀疏疏，散落在各個角落。

「昭島先生說他在這裡買書時，選了幾本某個熟人推薦給他的書。我猜這個『熟人』會不會是靜江小姐？」

岩老爹點頭，心中出現些許騷動。「或許吧。」

「如果是這樣，靜江小姐或許看過那本書。看過才會推薦給昭島先生。」

由紀子的聲音變得黯淡。「或許她在看了之後有了一些想法。阿榮的一句話，彷彿卸下我的眼罩，讓我大開眼界。不過靜江小姐的感受或許跟我不同。」

岩老爹心想，過去的女人必須看破男人，說男人就像一輛隨時可能壞掉的車子，當時的女人必須正面迎戰未來的辛勞。不過或許那樣的時代比現代容易多了。生活雖然困苦，但是一切事物比現在單純。

現在又是如何？就如由紀子所說，爛男人的數量確實比過去少了許多。這表示大家的生活無虞。但取而代之的是，現在這個時代讓每個人都顯得焦躁不安。人們無法找出自己最眞實的臉龐，不停尋找映照自己的鏡子。有時甚至令人懷疑，人們談戀愛是不是只爲了尋找那面鏡子。

不，或許這又是另一種「隨時可能壞掉的車子」，沒有用的、無法奔馳的車子。雖然社會改變了，不過山本周五郎透過阿榮寫下的那一句話，依舊存在這一個時代裡。

「靜江小姐臨死前會不會造訪過這家店呢？」由紀子問道：「如果昭島先生說的『熟人』就是她，那麼她可是偏愛這家店呢，應該來過吧。」

對了……

岩老爹突然有個想法，立刻衝出辦公室。由紀子嚇得睜大了眼睛，猶豫了一會兒後，她也跟著岩老爹走了出去。

歷史小說的書架上有一排山本周五郎的文庫本。它幾乎佔據了一整個書櫃。其中有一本《紅鬍子怪醫診療譚》。

昭島和靜江死後只過了五天，如果由紀子猜的沒錯，靜江在自殺前來過這裡……

她讀了〈冰塊下的幼苗〉，不知她是如何感受阿榮的話？

岩老爹翻了《紅鬍子怪醫診療譚》。它不是一本厚重的書，不過卻在中間處攤了開來。

其中夾了一張名片。

株式會社　高野工務店

業務部次長　能勢靜江

岩老爹默默地將名片放回書中。他彷彿聽見輪子脫落的車子，哐啷哐啷發出空轉的聲音。

6

chapter

第六章
寂寞獵人

1

「好久不見呢！」

岩老爹坐在擺了一疊疊發票和傳單的櫃檯前，抬起頭打招呼。

平日的午後，田邊書店裡的客人人數用五根手頭頭就數得出來。書店入口處，半開的拉門外頭，有一排盛開的杜鵑花在五月的強風下搖曳著。時而聽見強風拍打著屋簷雨棚的聲響。

「你好。」

一位年輕高䠷的女孩站在櫃檯前，嘴角微微浮現微笑，身著白色襯衫的胸前緊緊抱著一本書。直到女孩站在老爹面前，岩老爹才發現她的存在。因此他像是打瞌睡被老師發現的學生般顯得相當尷尬。

「今天好安靜喔。」年輕女孩環顧店內說道。

「因爲是平日啊。」岩老爹面帶微笑，拉了把身旁的高腳椅請她坐下。

「今天不用上班……」說到一半，岩老爹才想到今天是週四，女孩任職的百貨公司今天公休。

「是啊。」女孩露出微笑，彷彿透視了岩老爹腦袋中的想法。

「我總算習慣了站一整天的工作。不過一到假日還是覺得輕鬆許多，一不小心就會睡到很晚呢。」

「妳已經上班一個月了嘛。」

女孩優雅地坐上高腳椅，把抱在胸前的書擺在大腿上，頭上戴著一個明亮水藍色的髮箍，髮絲輕輕落在肩膀上。

「今天怎麼會來呢？」岩老爹一邊從抽屜取出帳本，一邊抬頭看了看女孩白皙的臉龐。「有什麼事我能爲妳效勞嗎？」

年輕女孩嘴唇上抹了淡粉紅色的口紅。她輕輕咬著下唇，低下頭，放在大腿上的雙手顯得僵硬。她的模樣彷彿正在確認雙手的存在。

「其實……我今天來這裡，不是爲了我父親的舊書。」

「是嘛。」

「不，應該也算是同一件事，不過事情有點複雜。」

女孩思索的眼神忽然投向周圍，岩老爹立刻了解她的意思。

「再過十分鐘，外出用餐的工讀生就會回來了。等他回來，我們就去喝杯咖啡吧。」

女孩放下心，點頭答應，旋及又緊緊抱起大腿上的書。她的動作令人起疑。女孩細長的手指間露出那本書的書名，岩老爹偷偷瞄了一下。

《寂寞獵人》，作者是安達和郎，也就是女孩父親所寫的書。

她的名字叫安達明子，下個月就滿二十一歲了。岩老爹在她大學一年級的時候認識她。當時她靠著工商電話簿，尋找離家最近，而且「電話中的態度親切」的書店，最後終於找上田邊書店。

她爲了整理父親的藏書，而尋找合適的舊書店。

「我不是沒想過把書贈送給圖書館或出版社，不過光靠母親和我，根本沒辦法整理出所有書籍的目錄。如果隨便寄贈，其中或許會參雜一些對方難以處理的書籍……，於是我想找專業人士幫忙。因爲書庫裡的書實在太多了。」

聽到這個請求當時，岩老爹沒想太多，立刻答應。她家位於離田邊書店車程五分鐘的地方。當岩老爹進入兩層樓木造房屋中的書庫時，原本輕鬆的心情瞬間消失。

「小姐，妳說這是令尊的藏書是吧？」

「是的。」

「如果不介意的話，能不能告訴我令尊從事哪方面的工作？」

明子立刻露出微笑說：「父親是一名作家。」

明子的父親安達和郎，曾是活躍於昭和三〇年代到五〇年代（西元一九五五年至一九八四年期間）的推理小說家。他具有某種獨特沉著的風格，雖然不受大眾的喜愛，不過擁有一群死忠的書迷。當時文壇上吹起以松本清張爲首的寫實社會派推理小說風潮，他在這一股主流中曾被稱爲「文壇上僅存的偵探小說作家」。

岩老爹在認識明子之前，從未讀過她父親的作品。認識她之後，岩老爹翻了幾本——所有作品早已絕版，所以他向安達家借閱了幾本。老實說，安達和郎的作品並不好看。

岩老爹當然沒有對明子或她母親透露自己的讀後感，不過，岩老爹爲了指導她們如何製作藏書目錄，時常進出安達家，有一天明子主動說出實話：「其實我和母親都不懂父親的小說哪裡好看，雖然我非常欽佩他的能力。我想一般讀者也有同樣感受吧。」

岩老爹不知該如何回應，只好閉上嘴。她的母親戴了一副老式鏡框眼鏡，用丈夫慣用的萬寶龍鋼筆，細心記下書籍名冊。這時候明子的母親忽然說：「如果我得說妳爸寫的小說都很好看，那我早就離家出走了！」岩老爹聽了忍不住發笑。

岩老爹說：「或許是吧。」

「當然是啊。」明子的母親帶著祥和的笑容說：「不管他寫的東西好不好，我都無所謂。無法理解也沒關係。或許，他也希望我們能夠理解他的作品，不過就算無法理解，他對我和明子而言，都是個好丈夫、好爸爸。」

這番對話讓岩老爹愛上這對母女。不過，和一位小說家住在同一個屋簷下，應該不是一件容易的事。或許在經歷一番苦惱與掙扎後，明子的母親才有辦法說出「無法理解也沒關係」這樣的話。

對安達和郎來說，寫作本身就是他的興趣。從某個角度看來，他是個相當幸福的作家。

過了四十歲之後，他在友人的帶領下迷上了海釣。從此每年固定出海數次，享受釣魚的樂趣。

然而十二年前，剛好就在現在這個季節，也就是春暖花開的五月中旬，他獨自出遊海釣，卻在三陸（註一）的岩石海岸邊失去音訊。搜尋隊找了好幾天但無功而返，安達和郎就此成了故人。

明子和母親兩人依舊相信父親仍活著。不過，在明子十九歲生日那天，母親說：「我們來處裡爸爸的藏書吧。」

「我猜母親想要在第十年做個了結吧。」明子向岩老爹解釋：「過去不知有多少人叫她去辦理死亡宣告，她硬是不肯呢。」

安達和郎本來就不是一名暢銷作家，因此母女倆的生活相當拮据。母親縱使處在困苦的窘境下也不願賣掉藏書，然而後來卻決定脫手，這個心路歷程想必是段煎熬吧。

岩老爹打從心底享受整理安達家藏書以及製作目錄的協力工作。從書庫裡挖出了早期的《寶石》（註二），還有岩老爹以前常在小說出租店借來看的立川文庫（註三）——這些書具有歷史研究上的珍貴價值，因此岩老爹更加珍惜它們。他甚至想感謝安達母女，謝謝她們選了田邊書店負責整理這座充滿寶物的書庫。

由於待整理的書籍數量過於龐大，而且明子與她母親平日都得上學、上班，假日有空時才能慢慢整理，因此作業速度進展得十分緩慢。兩年過去了，還剩三分之一的書籍尚未整理。岩老爹問明子：「有什麼事我能為妳效勞嗎？」這句話的意思是問她，是不是剩下的部分已經整理完成，可以把一些書賣給岩老爹了。

咖啡店「翌檜」和田邊書店位在街道同一側。店裡的椅子搖搖晃晃、冷氣不強、玻璃窗也髒

註一：青森縣東南部至宮城縣牡鹿半島的沿海地帶總稱。

註二：西元一九四六年創刊的推理雜誌。

註三：明治末年至大正年間（西元一九一四～一九二四年）由大阪的立川文明堂出版的文庫本。讀者以少年為主，內容以史傳、戰記居多，影響後來日本大眾文學、時代劇的發展。

了，但他們家的咖啡卻特別好喝。明子背對著褪色的壁紙，微微低著頭。從她的樣子看來，她找岩老爹的理由應該不單純。

「小姐，發生什麼事了嗎？」

岩老爹稱明子爲「小姐」，稱明子的母親爲「夫人」。他不是刻意這麼稱呼她們，而是自然叫習慣了。

即使已經坐在「翌檜」的椅子上，明子還是把《寂寞獵人》放在大腿上。看來她的煩惱似乎與這本小說有關。

《寂寞獵人》是安達和郎失蹤當時執筆的作品，因此它是一部未完成的小說。他未能完成最後三分之一，也就是所謂解謎篇的部分。他的失蹤起因於意外事故，因此在解謎篇前絕筆。岩老爹心想，或許對一個推理小說家而言，這正是最完美的句點。

安達和郎失蹤當時，安達家與出版社爲了如何處置《寂寞獵人》，起了嚴重衝突。遺族期盼以未完成的狀態出版，然而出版社卻堅持無法出版沒有解謎篇的推理小說，要求由年輕作家完成未完成的部分，以完整的內容出版。

「我和母親討論後，還是認爲不妥，便拒絕了出版社的要求。」

雙方終究無法達成共識，於是出版社收手，未完成的《寂寞獵人》就以遺族自費出版的方式問世。

「當時還造成不小的話題呢。」

不僅因爲它是安達和郎的絕筆作，它的內容更具話題性。

安達和郎在《寂寞獵人》中，首度試圖在他擅長的耽美、夢幻故事中，融合現實社會現象——當時的書評如此形容這部作品的寫作風格。他過去的作品多屬密閉空間的殺人事件，或是大家族內的愛恨情仇引起的血淋淋的慘案等等。然而《寂寞獵人》的劇情完全有別於以往。安達和郎過去激烈抵抗社會派的主流風格，然而這篇作品乍看下似乎有意迎合主流。

故事的開端在東京郊外H市，某處新興住宅區的一角發現一具被刺殺的年輕男子屍體。現場未發現凶器，遺留物中也未發現可靠線索。被害者是一名任職於當地區公所的老實公務員，新婚兩個月，公私兩邊都過著樸實且幸福的生活。兇手未取走被害者的物品，因此研判並非搶劫。然而警方進行綿密的調查後，未發現死者與任何人結怨。男子爲何遭人殺害呢？

警方尚未破案，這時又在橫濱山下公園中出現一具被刺殺的年輕女子屍體。死者今年才十八歲，剛到市內的銀行上班。這回的行兇動機似乎也不是搶劫，更不像報復行爲。兩件命案的轄區不同，因此警方並未調查其中的關聯性。兩起案件都遇到了瓶頸，小說就此換了一個章節，出現殺害兩名被害者的「兇手」的告白……

安達和郎在告白這部分，將他的文字風格發揮到淋漓盡致，以他獨特的黏膩文筆敘述殺人的美學、神的意志等等，岩老爹實在搞不懂其中的意涵。不過，稔常看這類小說，這名岩老爹唯一的不成材的孫子在看過《寂寞獵人》後說出了他的感想。

「這就是現在所謂的Psycho killer小說。」

「什麼是Psycho killer？」

「可以解釋爲無動機殺人吧。」

「吳洞雞？」

稔怕岩老爹不懂，在空中寫出「無動機」三個字。

「類似過路煞神那種人嗎？」

「嗯，過路煞神也算嗎……」

「你也搞不懂嘛。到底是什麼呀？是不是像在森下町發生的那種恐怖事件？」

「你是說佐木隆三那本《深川過路煞神事件》裡的命案嗎？怎麼說呢，那是濫用藥物的結果吧，和Psycho killer不太一樣。雖然那起事件已經夠恐怖了。」

「我搞不懂這種事啦。」

結果稔一臉嚴肅地說道：「爺爺你們那個年代的人應該難以理解吧。而且在你們活躍的時代，幾乎不可能有人無動機犯下兇殺案呀。」

岩老爹心有不悅：「爺爺現在還是很活躍啊！」

「那就是你的不幸。你必須眼睜睜目睹這個時代的悲劇呀。」

稔把棒球帽反戴，岩老爹當時奮力揮拳在他的棒球帽上。

岩老爹恍惚想起這段對話，然後直視明子。

「妳父親的這本小說有什麼問題嗎？」

明子在回答之前，深深地嘆了一口氣。嘆氣中混雜了咖啡香，撲向岩老爹的鼻腔。

「我曾向你提過，當我們開始整理藏書時，雜誌報導過這件事。」

岩老爹點頭。

「偵探小說傳奇作家安達和郎　家屬有意變賣作者藏書」——當時有這麼一篇小小的報導刊登在某雜誌的角落。

「因爲那篇報導，在那段時間，父親的作品再度受到讀者的注意。」

「這我也記得很清楚。」

安達和郎的作品在十二年前的銷路已經夠勉強了，現在那些舊作更不容易得手。雖然只是暫時性的風潮，不過由於這篇報導，讓岩老爹在市場上遇到同業時，常聽他們說正在找安達和郎的小說，或是客人已經預購了等等風聲。

「我想這個人也是當時的讀者之一。」

明子攤開《寂寞獵人》一書，取出一張夾在書裡的明信片。

「請你過目。」

「那我就不客氣了。」岩老爹拿起那張明信片。正面清楚寫上安達家的地址以及收信人姓名：「安達和郎先生收」。看得出寄件者試著寫出工整的字，不過字跡結構鬆散，實在不好看。對方使用原子筆，郵戳是四月三十日，來自京橋郵局。

翻至背面，岩老爹不禁吃了一驚。螞蟻般的小字，以橫式密密麻麻地寫滿整張明信片。

「我需要老花眼鏡呢。」

「我媽也這麼說。」

岩老爹從襯衫口袋取出眼鏡戴在鼻頭上，讀起明信片上的內容。極度難讀的文字群向岩老爹襲來。

「展信愉快

原諒我突然寫信給各位。我是安達先生的書迷，醉心於他的作品，更由衷信仰他的文字世界。這封信是為安達先生的家屬而寫的。

我認為安達先生是個天才。我在讀了《寂寞獵人》後，堅信這件事。在他眾多優秀的作品中，這部小說可說是出類拔萃的世紀傑作。我相當遺憾這部小說成了未完成的絕筆作。

然而，我想對家屬說，我能夠推測這部作品的結局，並代替作者完成它。除了我之外，無人能完成這項艱鉅的任務。今天我會寫信給各位，就是想傳達這件事。我還會再度來信。」

岩老爹讀完後，抬起雙眉。他發現正在櫃檯以虹吸式咖啡壺煮咖啡的「翌檜」老闆突然露出驚訝的表情。可能是岩老爹的表情太滑稽了吧。

「這到底是什麼？」

「很可笑吧。」明子說。但她的語氣沒有半點笑意，反倒顯得有些不安。

「這人真的打算完成作品吧。」

「我和母親也這麼認為。」

「然後呢？他把自己的作品寄來了嗎？」

明子緩緩搖頭。

「接著來了這張明信片。」

第二張明信片的郵戳是五月六日，這次來自新宿郵局。

「展信愉快

原諒我上回冒昧寫信給各位。我要向各位報告一個好消息。我已經完成《寂寞獵人》的推理與創作。其實早在上回寄信時，我就能夠斷言我的才華，不過我還是決定在完成後向各位報告。《寂寞獵人》是一部傑作。這麼棒的作品，應該以最聳動的方式介紹給讀者，這才能夠符合我的功勞。因此，我計畫將《寂寞獵人》中的劇情呈現在現實世界中。這部傑作中的命案將實際發生在現實社會，最後終將一一解開謎底。

執行者非我莫屬。

我打算向各位報告執行的過程，不過也請各位留意報紙的社會版。」

這次，岩老爹眞的大吃一驚，睜大了眼睛差點使得眼鏡滑落下來。「翌檜」的老闆慌張地問道：「岩老爹，你怎麼了？」

「沒事，沒事。」

他答得心不在焉，一口喝下冷掉的咖啡，然後凝視明子。

「這傢伙不得了耶，是不是神經有問題啊？」

明子默默地從《寂寞獵人》一書中取出一張剪報。

「這是今天早上的報紙，電視新聞也報導過了。」

岩老爹取下剪報後，讀了其中的斗大標題：

「八王子（註）發現年輕男子遭刺殺的屍體」

註：東京都八王子市，發音為H開頭。

被害者是一位二十六歲的男性，是一名地方公務員。

2

「那麼，我能幫些什麼忙？」

樺野俊明問道。他正在岩老爹家中，坐在乾淨整潔的客廳裡，兩人之間隔了一瓶剩一半的啤酒。

樺野俊明——被暱稱爲河馬兄，今年三十三歲。任職於警視廳搜查一課，是一名活躍於前線的刑事。他是岩老爹已故好友的獨生子，也是田邊書店的幕後老闆。他這句疑問是以警察的身分詢問岩老爹。岩老爹想盡辦法抓到了忙碌的俊明，拜託他在打烊後的深夜到家裡坐坐，將安達明子說的那段瘋狂故事告訴了他。

岩老爹靠著未開的電視機。他不看深夜節目，白天又幾乎都在店裡，因此岩老爹這台電視只有這項用途。

「我才想問你你能幫什麼呢。」

俊明歪著頭看了啤酒瓶旁的剪報。

「只是巧合吧。」

「如果是這樣就好了。安達家的小姐也說是不是自己想太多了。我也希望這是巧合啊。」

「基本上，我很難想像對方只爲了這一點動機就殺人啊，」俊明一邊以手指轉動下酒菜的花生說：「這小說裡有多少人被殺？」

「五個人。」

第一位是年輕男子，公務員。發生在東京郊外的新興住宅區，H市。

第二位是年輕女子，粉領族。橫濱山下公園。

第三位是中年家庭主婦。東京都內A區。

第四位是獨居老人。東京都內K區。

最後第五位是十四歲的國中女生。東京都內M市。

「如果這些凶殺案全部成眞，那的確不得了了。」俊明皺起眉頭，把花生丟進嘴裡。

「這算不算前所未有的怪異事件啊？」

「沒那麼嚴重。不過如果這是同一個兇手犯下的連續殺人事件，而且動機不明的話，確實會引起社會不安。兇手使用同一種凶器嗎？」

「全是同一種凶器。」岩老爹露出陰森的笑容說：「而且都是起因於同一種狂氣。」（註）

俊明一臉疑惑，岩老爹在空中畫出「狂氣」二字。

「要我解釋這種文字遊戲，眞是掃興。」

俊明搔了搔後腦勺說：「對兇手而言，這稱得上是符合他個人邏輯的狂氣殺人，是吧？」

「應該是吧。」

註：「凶器」與「狂氣」的發音同為「Kyoki」。

「這就所謂的Psycho Killer囉？」

「稔看過《寂寞獵人》，他也說過一樣的話。」

「這麼說，有人受到這部小說的刺激，計劃進行模仿殺人……」

俊明盤起雙手嚴肅地沉思了起來。這幾天來都是好天氣，他天天出外勤，雙手因此曬得黝黑，清楚留下白皙的手錶痕跡。岩老爹則一天到頭躲在店裡，他瞄了瞄自己蒼白寒酸的雙臂，自嘆羞愧。

「不論如何，現階段警方無法採取任何行動。我也不可能插手管八王子的命案。我會試著向管轄負責人說明……，不過對方應該只會譏笑我吧。」

「我也希望事情就此打住啊。」

岩老爹嘆氣的同時飲盡一杯啤酒，打了一聲嗝。俊明露出友善的表情問道：「之後，稔的狀況如何？我也很擔心呢。你今天找我，我以爲又是爲了稔。」

岩老爹怒氣沖沖瞪了一眼啤酒瓶。他真正想瞪的對象是稔，然而稔最近根本不肯接近田邊書店。

「我哪知道稔在幹嘛。」

岩老爹嘀咕，拿起啤酒瓶準備再倒一杯。俊明搶走他手中的啤酒瓶，替他倒酒。

「他已經半個月沒露面，也沒打電話。我完全不了解他現在的狀況。」

「他還和那個女子在一起嗎？」

俊明小心翼翼地問，岩老爹只能默默搖頭表示不知道。

稔幾個月前與某位女子墜入熱戀。對方比稔大十歲，而且還是個酒店小姐。岩老爹對職業沒有任何偏見，更無意插手管他人的感情。男歡女愛是天經地義，由不得別人管，只要當事人高興就好，這就是這社會上的規則。

不過，如果牽扯到自己的孫子，事情就沒那麼簡單。岩老爹才會如此頭大。他曾一再提醒稔別陷得太深。他勸說：「在你的年紀，無法分辨戀愛與戀愛遊戲，還有荷爾蒙分泌的差別。」可是正在氣頭上的稔根本聽不進去。與稔同住的父母——也就是岩老爹的兒子媳婦——已經爲此與稔大吵一架，因爲他幾乎天天半夜偷溜外出去見對方。

「又不是發了春的貓。」媳婦氣憤地向岩老爹報告。據說罵，稔也沒有任何反駁，只是不屑地冷冷地回瞪著父母。

「爸爸，當母親眞是無奈呀。」

面對哀怨的媳婦，岩老爹告訴她：「我家老伴在養兒子的時候也常這麼說。」

就這個角度看來，這一切稱得上是因果輪迴，總有一天會遇上這個局面，孩子總有一天會離開父母。往好的方面想，他能夠獨立自主了，從壞的方面來看，他發情了。

不過，也來得太早了。

而且對象太誇張了。如果對方是同班女生，沒有人會說話。

今天安達明子造訪田邊書店時，直到明子站在岩老爹面前，他都沒發現，這也是因爲他滿腦子都是稔的緣故。

田邊書店的店頭依舊掛著稔以前寫下的書法作品「藏書五萬本」。那時候太美好了，與當時相比，如今岩老爹難得地垂頭喪氣，整天獨自黯然地坐在櫃檯前。

「只能靜觀其變吧。」俊明安慰岩老爹說：「這狀況是那個年紀的男孩必經的關卡，就像暫時發高燒吧。」

我懂，我都懂。可是……

「發高燒也可能留下後遺症呀。」

面對岩老爹的嘀咕，俊明笑說：「別煩惱還沒發生的事呀。岩老爹你不是常說現在的煩惱就夠多了，沒必要背負還沒發生的煩惱。」

「我說過這種話嗎？」

岩老爹呆呆地笑了。他感到啤酒帶來的的醉意慢慢滲透到體內。以前總覺得啤酒像水一樣，那已經是幾年前的想法啦？

想到自己已經老了，岩老爹不禁濕了眼角。想到自己很寂寞，更是無法止住淚水。

稔要離開我了。

3

之後，岩老爹完全忘了關於《寂寞獵人》的詭異事件。

他向明子說已經把這件事情告訴了認識的刑事，要她無須掛心。而她之所以會把這件事告訴岩老爹，也是因爲她知道岩老爹認識一位刑事的關係。因此她覺得自己也算是達成了目的，打從心底鬆了一口氣。

與其煩惱十二年前未完成的推理小說，岩老爹比較迫切煩惱的是現下現實生活中的煩惱。沒有別的，就是爲了稔。

明子造訪後過了一週，同樣是一個平日的午後，合該是睡意襲擊的時間，田邊書店內充滿慵懶的氣息——事實上，現在正有一名工讀生在倉庫打瞌睡——岩老爹又一個人，孤單悽涼地坐在櫃檯前，這時有一位高self的人影站在他面前。

「咦？」

岩老爹抬頭看，令人意外的訪客讓他剎時啞口無言。

「爸爸，不好意思，突然來找你。」

原來是稔的母親，兒子的妻子。這是她第一次獨自造訪田邊書店。

「怎麼了？妳不用上班嗎？」岩老爹話剛出口便立刻打住，問道：「爲了稔吧？」

「答對了！」

他帶媳婦到「翌檜」，老闆今天又在虹吸式咖啡壺前開心地擦拭他的咖啡杯。岩老爹向老闆介紹自己的媳婦，然後坐到角落的位子。

「有什麼進展嗎？」

稔那傢伙該不會吵著要和女友同居，離家出走了吧——岩老爹帶著不祥的預感詢問她，媳婦笑著搖搖頭。

「哪有什麼進展不進展，那孩子還是一頭熱呢。要不是自己的孩子，他要飛到月球我也不管！」

岩老爹的媳婦在職場上表現優異，也相當有教養，然而不知是否受到丈夫的影響，有時說話的口氣實在不太優雅。

「眞傷腦筋。」

岩老爹一邊拿起濕紙巾一邊哀嘆，媳婦氣憤地嘟起嘴說：「他只是個十七歲的男生呢！再怎麼裝大人，他還是個小孩啊。那女人竟然玩弄他。我實在太火大了，所以拜託徵信社去調查那個女人的底細。」

岩老爹嚇了一大跳。有時候媳婦的舉動常令岩老爹嚇出一身汗，已經這麼多年了，他還是無法習慣。她的容貌要說成是二十歲的女孩可能有點勉強，但既清麗又有女人味，乍看下會讓人誤以爲是從哪來的女明星。不過就因爲外表與性格的落差，岩老爹更是不習慣她的作爲。

「妳也眞大膽呀。」

媳婦哼地一聲冷笑說：「我也猶豫很久，剛好公司同事認識不錯的徵信社，介紹給我，所以並不是什麼不入流的徵信社。他們平時主要的工作內容是爲客戶進行資產調查。」

岩老頭點頭表示同意。但反過來想，可以要求這麼正當的公司做身世調查嗎？說起來這算是不入流的工作，岩老爹甚至有點擔心他們的執行力。

「他們立刻幫我查出那個女人的底細。」媳婦不顧岩老爹的擔憂，繼續說道：「我完全摸清她的底細了。她其實是市內一個名叫『帕布羅』劇團的團員。只有晚上在小酒店上班。她住的公寓就在我們家附近，和稔是在便利商店認識的。」

岩老爹早已知道這段他們邂逅的故事。

「這個劇團在演什麼樣的戲呢？」
「他們是說演一些布萊希特（註）的戲碼啦。」
「他們是說」這句話表現了媳婦的本意——一定是那種隨便詮釋隨便演的爛劇團。岩老爹雖察覺到她的鄙視，但因爲不懂布萊希特是個什樣的戲劇家，也無法深入追究。
「那其實也沒多糟嘛，妳應該放心多了吧。」
「因爲她是表演工作者就能放心嗎？」媳婦反問。這時老闆剛好端來咖啡，見到她怒氣衝天的模樣，只好收起諂笑快步離開。
「其實對方的底細怎樣我都無所謂。」媳婦拿起咖啡杯翹起小指頭繼續說道：「其實，比起經由調查而認識的她，我更想見見她本人，當面要求她和稔分手。」
岩老爹嚇呆了：「妳已經約好了嗎？」
「約了。」
「什麼時候？」
「明天下午三點，在關內車站前的『利培拉』咖啡店。既然已經找到她的人，她也逃不了囉，她答應見面了。這件事我當然沒告訴稔。」
岩老爹仔細端詳著媳婦的臉。想必她出門時相當亢奮，因爲口紅塗歪了一些。不過她的神態威

註：布萊希特（Brecht, Bertolt）二十世紀德國詩人、劇作家和戲劇改革家，亦被視為當代「教育劇場」的啟蒙者。

嚴十足，充分表現了敢怒敢言的母親的架勢。

「這麼做到底對或是不對，我沒辦法立刻告訴妳。」

「可是不能就這樣坐視不管啊，爸爸。」

「這麼說也沒錯啦。」

岩老爹也迫不及待地想知道對方的底細，但他無法付諸行動，只因爲他不是稔的父母。這一刻他第一次了解到自己的立場。他既無法瘋狂發飆，也無法直接面對稔的女友。這都因爲自己與稔之間還是有一層無法超越的關係。

身爲爺爺，沒有資格隨意左右孫子的人生。

岩老爹舉起杯子呆愣了許久，後來發現媳婦緊盯著他，這才抬起頭來。

「唉呀，這段時間眞是辛苦妳，妳也實在是太大膽了。不過，辛苦還在後頭呢。」

「是沒錯啦。」

媳婦雙手擺在桌上，上身前傾逼近岩老爹。岩老爹反射性地往後彈開。

「爸爸，明天下午三點，你可不可以代替我去見那個人？」

如果岩老爹再年輕一點，他應該會立即輕呼一聲：「我的媽呀！」然而岩老爹把話吞了回去。都已經是領老人年金的年紀了，不能夠輕易說出「我的媽呀」這種話。

「爲什麼要我去？」

「因爲我去也沒用啊！」媳婦的語氣斬釘截鐵，猶如一把一刀斬下青菜的菜刀。「我和那個人通過電話，可能因爲我是母親吧，她的態度表明就是要跟我作對。她說：『要見是可以，不過沒什麼話好說。』我聽了氣得半死！」

岩老爹雖然能夠體會媳婦的怒氣，不過他同時想道，往後稔將夾在母親與妻子之間，肯定傷透腦筋。

但是，現在沒空擔心未知的將來。對岩老爹而言，首椿要務是想辦法丟開這突如其來的重擔。如果是爲稔好，他當然義無反顧，不過這次的任務實在不適合讓身爲爺爺的出面吧。

「不論如何，我想還是由妳去比較妥當吧。是妳約出來的，而且妳是稔的母親，我只是稔的爺爺啊。」

「爸爸你不是最疼我們家稔嗎？你也有權利出面向她說幾句啊！」

「可是……」

「爸爸，拜託，拜託，拜託呀。」媳婦難得低頭懇求：「拜託你呀，我只能靠你了。我想就算身爲父母的，在這種時候出面，效果應該不大。爸爸你是稔的爺爺，比較容易說服對方。只要你說：『拜託妳和稔分手，我爲我可愛的孫子懇求妳。』我想再怎麼不要臉的女人也難以招架吧。」

媳婦說了一大堆藉口，終究要把最艱難的任務推給岩老爹。

既然媳婦已經打定了主意，岩老爹只得乖乖地接受這個請求，長年的經驗讓他熟知這一點。

「好啦，我答應妳啦。我去見那個女的就是了。」

室田淑美，二十七歲。

稔談戀愛的對象就是她。岩老爹把媳婦給他的對方的身世調查表藏在胸口口袋裡，在約定的十分鐘前，推開關內車站前咖啡店「利培拉」的門。

媳婦向對方說，她將坐在「利培拉」店內唯一的電話亭旁的座位。她說她時常光顧這家店，而電話亭旁邊的位子是最不醒目、能夠靜靜聊天的地方。

「一看就能認出那個位子，要搞錯也難。」

媳婦是這麼說。然而室田淑美若發現坐在那裡的不是稔的母親而是爺爺，肯定會大吃一驚。而事實上，她確實露出無比驚訝的表情。起初，她注視岩老爹，然後環顧店內，再次將視線移到坐在電話亭旁的岩老爹。

「妳就是室田淑美小姐吧？」

岩老爹站起，微微彎著腰叫住她。

「是……是的。」

她披著明亮色澤的染髮，穿著一件曲線畢露的洋裝，肩上隨意背了一個高布林（註）布的包包，想必價值不斐。

如果有人問起這女子的樣貌，岩老爹應該會回答：「脫俗時髦。」也會說：「稱得上是個美女。」

然而，可惜的是已沒有其餘的話可以形容她。岩老爹立刻想道，若要當一個演員，她應該無法出頭吧。她缺乏光采，無法吸引眾人的目光。

這樣的判斷雖然有些殘酷，不過到了一定年紀後，明眼人立刻能夠察覺出對方有多少斤兩。而且，這類的直覺通常錯不了。岩老爹判斷室田淑美這個女子，在演員這條路上應該無法有什麼發展。

「抱歉，把妳給嚇壞了。我是稔的祖父。今天原本該由他的母親出面，他母親也就是我的媳婦。」

室田淑美睜大了眼睛，從頭到腳打量著岩老爹。視線往返兩次後，她總算接受了眼前的事實。

「我可以坐下嗎？」她說。

「當然，請坐。」

岩老爹也坐下。淑美一句「我可以坐下嗎？」讓岩老爹對她卸下些許心防。

「媳婦硬是拜託我來。」他已經決定敞開心胸說出真心話，因此起了這樣的話頭。「她要我見見妳，和妳聊聊。她覺得由母親出面容易起爭執。」

「起爭執……」

淑美只說了這句話就後不再開口。她微微低頭，身體也稍稍向外傾斜，刻意避開岩老爹的視線。

她點的冰歐蕾被端了出來，是一只高腳杯。服務生離開後，淑美的嘴角微微顫抖地說：「我很怕這種杯子，害怕弄倒它。」

「我也是。來這種地方總是提心吊膽呢。」

岩老爹明明同意她的說法，然而淑美卻彷彿說錯話似地急忙撇開視線，接著翻了翻自己的包

註：一種重新運用傳統花紗的新式布織法。

包。

「請問……我可以抽菸嗎？」

「請便，我也抽菸。」

淑美從包包取出細長的涼菸，用只有她中指般粗細的細長打火機點火。岩老爹注意到她點菸的手在顫抖。

在這樣的場合的確需要來一根菸。岩老爹點起自己的七星香菸吞雲吐霧，淑美露出神經質的微笑，慌張地開口說：「我很緊張。不過……我眞的不知道該怎麼辦。我萬萬沒想到會見到稔先生的爺爺。」

稔先生，是吧。岩老爹在心中反芻這個稱呼。那傢伙眞的長大了，有女人這樣稱呼他呢。

「老實說，我也傷透腦筋。」岩老爹語氣溫和地說：「要我見孫子的女朋友，我這個老頭也不知道該說些什麼。我媳婦是個高知識份子，高知識份子總喜歡把執行工作推給別人。」

淑美第一次抬起頭，看著岩老爹的眼睛笑了。「這麼說，我們兩個尷尬的角色要在這裡談判囉。」

「就是啊。」

短暫交談後，岩老爹並未喜歡上這個女子，但也不認爲不見面比較好。可是見是見了，見了面，更不知道該談些什麼。

淑美以熟練的手勢捻熄香菸，把冰歐蕾推到一旁，迅速舔了舔嘴唇後切入正題。

「稔先生的家人反對我和他交往，我想這也是應該的。」

岩老爹沒有回應。

淑美說完「應該的」之後，偷瞄了一眼岩老爹。她的眼神猶如一個步哨，疑惑自己先開砲了，對方爲什麼沒有任何反應？

於是她再度出擊。「我和稔先生交往是認眞的。所以就算你們反對，我也不打算分手。」

岩老爹心想：如果現在坐在她對面的人是媳婦，想必會當場展開激烈的舌戰吧。同時這也是雙方必經的一場戰役。

只要老人一出面，總會試圖圓滿解決問題。不過這樣並不好。剛感冒時，若立刻吃下退燒藥，把症狀硬是壓抑下來，便無法完全康復，致使感冒越拖越久。這件事就如同感冒，該發的燒就該讓它燒，任何問題都是如此，不越過那個界線其實是無法收拾的。

「我來這裡也不是硬要你們分手啊。」

岩老爹緩緩開口，淑美擺在桌上的手震了一下。

「就算要你們分手，若你們不肯分，我們也沒辦法。這是你們兩個人的問題，應該由你們倆做出結論。而且啊，室田小姐，我是稔的爺爺，不是他的父母，我沒有權利插手管他的人生。不過，如果他有困難求助於我，我當然會義無反顧地幫助他。」

淑美抬起頭，凝視著岩老爹，彷彿試圖從他臉上讀出其中的涵意。她的眼神太認眞，讓岩老爹誤以爲她在數他臉上的皺紋呢。

「我告訴妳，室田小姐。我今天來只想告訴妳，我們全家人都非常關心稔。如果他已經是個大人，今天便不會有人找妳抱怨。就算擔心，也不會跑來找妳談。我們會特地找妳出來，就是因爲他還是個小孩。」

「稔先生比他實際年齡成熟許多。」淑美小聲呢喃。

岩老爹立刻反駁：「但是他仍然是個小孩。如果妳到我這個年紀，妳就不得不瞭解到，一個人不管如何掙扎，就是無法比實際年齡幼稚或成熟。有幾歲就會老幾歲。年輕人不管如何裝大人，年輕人依舊是年輕人。」

淑美拿起香菸盒取出一根菸，夾在指縫間並未點燃。那支香菸的尖端顫抖了起來。

「稔先生是個純眞的人。」她又小聲地說，隨後突然放大嗓門：「他很純眞。我第一次遇到那麼純眞的男孩。」

「室田小姐，那是因爲就如我所說的，他還是個男孩啊。或許身體已經長大了。」

「他很誠懇地說他愛我！」淑美抗議似地大聲吼道：「我們的交往並不是基於不純潔的動機！」

「沒有人說你們不純潔啊。」岩老爹鎮住氣慢條斯理地說：「但是室田小姐，妳和稔不同，妳已經不是小孩了，不應該認爲只要純眞就是對的，不純眞就是錯的。我們就是擔心這一點。」

淑美閉上眼睛，細長的香菸在她手中折斷了。「你終究要我們分手，對吧？」

「我只是希望妳好好思考。」

「我……」淑美欲言又止，睜開眼睛，然後再一次用力闔上眼，下定決心抬起頭看了岩老爹。

「我，從來沒遇過像稔先生那麼愛我的人。我的過去沒有任何美好的回憶，所以我眞的非常非常珍惜這段感情。」

岩老爹感慨地注視淑美，他彷彿看見淑美心裡躲了一個像是受驚嚇的小孩的東西。

不過那畢竟是「像是小孩的東西」，並非眞正的小孩。

「我相信妳說的話。」岩老爹說：「稔對妳來說確實具有非同小可的意義吧。不過啊，室田小姐，妳已經是個大人了。大人不能把小孩當做逃避現實的寄託啊。」

「逃避現實的寄託……」

淑美重複岩老爹的話，彷彿在反問對方。但岩老爹並未回答她。答案應該由她自己尋找。

「我想說的只有這些，我們走吧。」

岩老爹起身，拿著帳單走向櫃檯。淑美沒抬起頭，就算夾在指間的香菸被她折斷落地，她依然沒有任何動靜。

一走到外頭，岩老爹突然感到一陣疲憊。好不容易養大了兒子，以爲總算可以卸下重擔，沒想到又得照顧孫子，而且還得照顧他的感情問題。

借用稔的話，還能派上用場就是一種不幸。岩老爹離開「利培拉」路上越想越氣，同時又覺得莫名好笑。

我懂了。他邊想邊獨自竊笑。要能夠在這種時候笑，可不是件容易的事。我們家兒子和媳婦可就沒這個功力囉。

不過這抹笑意的壽命只維持到他在車站買了報紙，坐在月台長椅上攤開報紙爲止。岩老爹一坐下，笑意頓時消失，猶如汽油揮發般迅速，而且還留下一陣涼意。

社會版上斗大的標題：

4

推理小說中出現的「警察」通常不怎麼聰明。不過現實中的警察卻是聰明且機伶，懂得傾聽。雖然這其中有河馬兄這個窗口牽線，幫了不少忙，但警方確實爲安達和郎以及《寂寞獵人》一案做了綿密詳細的調查。

就在第二件凶殺案之前，安達家又收到那字跡醜陋的第三張明信片。來函者在名信片裡宣告第二件兇殺案也是出自於他，而且還誇下豪語，宣稱要親自解開這個謎團。

「不，這不應該把它說成解謎。我只是希望創作《寂寞獵人》未完成的部分。因爲我完全了解作品中的嫌犯在什麼樣的意圖下，進行那場連續命案。所以我才有辦法將故事中的命案，一五一十呈現在現實中。

等一切犯行完成後，我將給予警方一個月的時間，希望他們在這段期間，解開一切動機以及犯案手法，發現《寂寞獵人》中所有未解決的謎團，最後捉拿我。如果辦不到這點，我希望他們能爲我爭取全國直播的電視新聞時段。我當然不會出現，也不打算自首。我會打電話到電視台，替大家解開謎底——」

明信片上這麼寫著，最後結語是「後會有期」。

當安達家的人向相關單位報案時，樺野俊明最擔心的事情立刻發生。媒體開始騷動了。

「這可是他們最愛的新聞題材呀。」樺野感慨地說：「媒體吵熱新聞，只會讓兇嫌更開心。」

雜誌、報紙以及電視節目，各個媒體紛紛介紹《寂寞獵人》的大綱，而且掀起了搶購《寂寞獵人》的風潮。安達家不希望無故引起社會恐慌，與搜查單位商量後決定不再版，然而依舊無法平息這股騷動。

《寂寞獵人》立刻成了舊書業界的搖錢樹。即使有良心道德的業者不會碰這樣的書，但任何業界都有一群人凡事向錢看，市場便隨之熱絡起來。過沒多久，盜印版本開始流通，出現一群搶購盜版的業者。

這一切都在第二名被害者出現後，不到一個月的期間發生。岩老爹和明子只能眼睜睜看著這一切發生，束手無策。

之後嫌犯消聲匿跡了好一陣子，也不再寄明信片來了。小說中並沒有明確記載第二次凶殺案到第三次凶殺案之間的間隔，不過頂多只有一、兩個月的空檔吧。岩老爹心想，該是嫌犯再次行動的時候了。

然而俊明卻不贊同這個想法。「既然已經造成這麼大的轟動，嫌犯犯案的空間變小了。而且他應該不會再希望完全按照小說中的劇情來走吧。他現在想必相當得意囉。」

「得意？」

「是啊。這種人只想讓社會大眾注目他、認同他，只想炫燿自己是多麼厲害罷了。當抓到犯人之後，你一定會發現他是個窮極無聊的人。所以他會想盡辦法拖延人們喧騰、關注他的時間。」

他的猜測是對的。這段期間，嫌犯只是快意地投書到報社、打電話到八卦性節目、或是寄明信片給警方表明自己的犯行，然而卻不肯透露有關第三次犯案的訊息。而從他得意的態度看來，他不會在這段備受矚目的期間做出自投羅網的舉動。

警方試圖在嫌犯進入「高原期」的這段期間逮捕他，持續努力搜查線索。

然而……

第二起命案發生後的第六週，整個事件從一個意料之外的轉折，進展到匪夷所思的方向。

「妳說什麼？」

那是一個週日，田邊書店內相當擁擠，小孩一多就容易吵雜。安達明子打來的電話在一片吵鬧聲中斷斷續續的，聽不清楚。

所以一開始岩老爹還以爲自己聽錯了。更何況電話那頭的明子也因爲驚訝與亢奮，聲音提高了好幾分貝，外加語無倫次，更不容易聽懂整件事情的來龍去脈。

明子發出哭泣聲：「我簡直不敢相信！不過有人透過電視台來電證實了……，他們說這個消息絕對錯不了。」

「到底是什麼事呀？」

明子的聲音顫抖。「他們說父親還活著！」

岩老爹嚇得簡直快要吞下電話筒。明子的聲音漸行漸遠，彷彿從腦袋深處傳來。

「他們說父親現身了！父親說不管嫌犯如何解釋《寂寞獵人》，那全都是錯的！他要表明這件事，他覺得這是他的義務！」

5

安達和郎在失蹤十二年後終於現身，他的容貌改變甚大，有別於過去書中作者近照中的模樣，以及岩老爹在安達家中看過的照片。

在失蹤的十二年間，他以一年一公斤的速率增加了體重。頭髮稀疏了，臉頰也鬆垮了，眼皮臃腫地垂在雙眼上。

不過整體看來，表情確實溫和許多。安達夫人看到電視畫面中的丈夫後，首先指出這一點。

「他的表情彷彿如釋重負呢。」

岩老爹也有同感。從他的表情推測，他在十二年前消失的原因是……

「當時，我在工作上遇到了瓶頸。」

他在現場轉播的記者會中淡淡地道出理由。無數支麥克風指向的那端，他的下顎部位時而微微抽搐，不過他沒有結巴也沒有支支唔唔，回答提問的態度明快且沒有中斷。

「《寂寞獵人》就如媒體報導，那是我第一次把我最忌諱的寫實主義帶進作品中。像我這樣的作家，如果再不參入這類的要素就無法立足了。」

間隔了十二年後的今天，他談起這件事，眼神中依舊浮現些許哀怨。

「當時我試著以自己的方式消化那臭寫實主義。雖然我百般不願，但若不轉型，就無法繼續作家生涯了。我在很早的時候就領悟到這一點，所以當時我可是下了必死的決心創作這部小說。」

然而他的努力卻徒勞無功，《寂寞獵人》的寫稿進度頻頻觸礁。

「我終於願意引用社會派的題材，因此儘管沒有誇張的宣傳，不過出版社還是大肆預告這部作品即將問世。然而我的工作卻毫無進展。我自己也很清楚如果不完成它，我就完蛋了。那段期間的煎熬簡直是生不如死啊。」

那年他想轉換心情，於是到三陸釣魚，實情是：

「我原本就打算逃離這一切，不過根本沒想好要去哪裡。」

最後一夜，他在旅館中一想到明天就得回東京，心裡便鬱悶地無法入睡，難過得無法呼吸，雙腿頻頻顫抖。

「再這樣下去不行，那天晚上我決定逃離一切。」

以僞裝死亡的方式失蹤，這對一個偵探小說作家而言易如反掌。更何況他又是釣魚愛好者，只要在岩石邊留下像樣的痕跡，大家必定會誤認爲他被大海吞噬了。

「於是我搭上電車和船舶輾轉到了北海道。我避開大城市，盡量往北逃。我能做的工作有限，不過送貨也好、掃地工也罷，我決定做我能做的任何工作。」

過去他自認爲自己以作家的身分立足在這個社會上，然而在他避人耳目、流竄各地的過程中，深感自己其實是個無名小卒，無人知道地的存在，也因此讓他卸下包袱。

「我知道東京那邊認爲我在海邊遇難，因而鬧得沸沸揚揚，不過我也不在意。總之我已經逃開了——我心中只有這份喜悅。至於我的家人我也……」

這時候他的聲音終於黯淡起來。

「我對她們深感歉意，不過我暗自期望她們就當我已經死了，別再想念我了。我是一個只會寫小說，沒有別的能力的人，這種父親不要也罷。說起來，內心裡我是希望以作家的身分獲得安樂死。」

聽到這段話時，岩老爹體會了安達和郎的心情，同時也對他產生難以形容的憐憫之情。那是對他產生的感情，同時也是對安達夫人以及明子的感情。

不瞭解也無所謂。

畢竟他對我和明子而言，都是個好丈夫、好爸爸，安達夫人曾這麼說過。然而安達和郎卻認爲自己已經無法寫小說了，爲了妻女著想，與其讓她們丟人現眼，不如讓自已消失不見。

人心爲何如此難以捉摸，落得如此無奈的結果。

然而，觀看電視裡的父親的明子側臉、淚水沾濕臉頰卻面帶微笑的安達夫人，看著他們，岩老爹打從心底爲這家人感到欣慰，他們終於能夠團圓了。記者會結束後，兩人就要起身去見他了。

安達和郎知道這起事件時，他正在札幌市內的一家補習班擔任講師。他的工作只是幫忙其他老師整理教材，其餘時間多半在處理雜務。他認爲已經沒有人認得出他了，因此在五年前決定到城市找工作。從此他就留在那間補習班指導小學生。

「知道這個事件時，我相當猶豫、苦惱。幸好我曾向補習班老闆說明我大略的來歷，便藉此機會向他坦承眞相，與他商量後決定出面。」

安達和郎面對麥克風拉高嗓門：「我出面只想說明一件事。《寂寞獵人》是一部失敗作品。它不是未完成，而是因爲失敗所以無法完成。因此連續發生的五個命案之間沒有任何整合性，也沒有任何動機可以連貫它。反過來說，正因爲無法連貫小說，無法整合故事，我才會逃走。所以各位，那個嫌犯，那個揚言要解開《寂寞獵人》謎底的人，他說的話全是胡說八道，可說是空中樓閣。他是冒牌貨——」

安達和郎的聲音強而有力，岩老爹不由豎起衣領。

安達和郎雖然是個半途而廢的作家，但他絕不是冒牌貨。

這場記者會之後，嫌犯從此銷聲匿跡。新聞及八卦節目試圖猜測他的思考邏輯、未來動向，時而揶揄他或是說服他出面，但嫌犯不再有任何回應。

警方持續辦案。樺野俊明說搜查範圍越來越明確了。

「只要有耐心，早晚可以尋獲到這個唯恐天下不亂的傢伙。」

深夜時段的新聞性節目裡的社會心理學專家說：嫌犯因爲失寵的衝擊、警方逼近的恐懼、以及面對「殺人」這個駭人行爲產生心理煎熬，極有可能已經自殺了。

媒體一時間將注意力集中到安達一家人，因此田邊書店也被拉上了檯面，岩老爹極力拒絕媒體再三的採訪要求，然而最後終究抵擋不過，只好任由媒體拍攝店面。但他堅決不肯接受訪問。

「爸爸，電視裡的書店怎麼看起來那麼狹小啊？」

岩老爹依舊保持緘默的態度，面對媳婦無心的這一句話。

進入七月後，一切總算恢復平靜。安達一家人爲了彌補十二年的空白，也爲了休養疲憊的身心，決定到伊豆泡溫泉。岩老爹把他們一家人送到車站，而後帶著難得的溫馨心情回到田邊書店。

「我回來了。」

「你回來啦。」

岩老爹當場僵住。櫃檯前，應該坐著工讀生的位子，竟然出現了稔。

「你不用上學嗎？」

「今天是週六耶。半DON（註）啊。」

稔以調皮的語氣回答。每次岩老爹把星期六說成「半DON」，稔總愛取笑他。

「你來幹嘛？」

「來幫忙啊」，稔在櫃檯椅子上伸懶腰。「沒什麼客人，好無聊喔。」

「現在才要開始忙。」

「我想也是。」

「你想幹嘛？」

「我晚上想找爺爺聊一聊。」

「什麼事？」

「你去見了淑美對不對？」

岩老爹無謂地拍了拍櫃檯周圍的灰塵。

註：「半DON」（半ドン）意指上班或上課只有半天的日子。

「她最近見到我都不怎麼開心呢。」
稔的語氣冷淡。
「多虧爺爺的幫忙，謝謝你喔。」
當晚……
兩人之間根本無法期待有場友好的對談。他們在公寓裡面面相對到半夜，但爭執點一直在同一個地方打轉，無法達成共識。
稔只是一味責怪岩老爹，而岩老爹只好說明他在什麼樣的情況下見了室田淑美、兩人間聊了什麼，還有爲什麼這麼做。
「隨便你！爺爺已經不想管你了！」
岩老爹終於耐不住性子大聲怒斥，這時候已經過了半夜兩點。稔也怒氣沖沖，踢開茶几，順勢就要衝出門外。
然而——
岩老爹抬起頭發現情況不對。稔竟然轉身回來了。他怯步後退，頭則始終面向大門，背部看起來十分僵硬。
「喂！怎麼回事……」
話說到一半，岩老爹也看見了。一個手持菜刀的瘦弱男子，僵著蒼白糾結的臉孔緩緩逼近。
什麼嘛！這傢伙怎麼這麼遜啊！
岩老爹雖感驚訝，但腦子裡卻閃過這樣的念頭。可能是因爲正在氣頭上，膽子變大了。

「田邊書店的岩永就是你吧！」

拿著菜刀的年輕人語調高亢且顫抖。

「沒錯，我就是。」

「我終於找到你了！」年輕男子發出公雞般的顫聲，彆扭地吼道：「你是不是上了電視！一副得意風光的樣子，你和安達和郎並肩上了電視對吧！」

岩老爹確實記得有這麼一幕，他睜大眼睛說：「你該不會是……」

「爺爺，就是他！」稔尖叫：「你就是那個『寂寞獵人』，對吧！那個模仿殺人案就是你幹的！」

「我不是模仿！」年輕男子狂吼：「那是只有我能夠創造的故事！那是上天只賦予我的創作！」

岩老爹感覺極爲不快，心情就像剛打死一隻從冰箱背後爬出來的蟑螂。「你的話我瞭解了。然後呢？來幹嘛？來幹嘛？」

「來幹嘛？還用說嗎！」

「他想洩憤，想報復爺爺啊！」稔提醒岩老爹：「小心啊！」

岩老爹的腦袋依舊沸騰，而且沸騰指數持續攀高。他並未聽從稔的忠告，反而逼近年輕男子問道：「你怎麼找到這裡的？店面已經上了電視，你是不是從店裡跟蹤我們？你找不到安達先生家，所以打算從簡單的地方下手是吧？我把話說在前面，我和安達一家人都沒欠你！」

「你們破壞了我的創作！」

「你的創作？」岩老爹怒火衝天，忘了眼前的情勢。「你敢說你到底創作了什麼？你這卑鄙齷齪的小竊賊！」

「我完成了《寂寞獵人》！」年輕男子尖聲怒吼：「可是你們竟然毀了它！你，還有安達和郎，你們聯合起來毀了我的創作！」

年輕男子曾在名信片中說「安達先生是天才」，然而他這一句怒吼證明了他的話都是謊言，這傢伙終究只是隻愛出鋒頭的老鼠。

岩老爹怒斥：「《寂寞獵人》怎麼會是你的創作！那是安達先生的作品！」

「你說什麼！」

年輕男子尖叫，衝向岩老爹。同時間稔立刻衝出來大喊：「小心！」

回過神來，岩老爹發現自己已經飛到房間的角落。稔衝過來撞倒他，岩老爹就像小石塊被推向遠處。

稔成了岩老爹的盾牌，幾乎正面迎向了年輕人的菜刀。撞擊的力道讓男子無法瞄準，菜刀掠過稔的側腹離開男子的手，滾落地上。接著稔倒了下來，跌坐在地上。稔用雙手摀住傷口，指縫間滲出血，瞬間染紅了他的白色T恤。

「流血……流血了！」男子大喊。

失去菜刀的男子跌跌撞撞地試圖逃走。已經失去理智的岩老爹，面對他那卑微的背影，再度燃起怒火。

「你給我站住！」

警車和救護車抵達時，男子和稔同樣昏厥躺平在擔架上。男子臉上出現了大片瘀青，稔的臉色則一片蒼白。而岩老爹蹲在地上，把稔的頭放在大腿上，他的臉蒼白的程度不輸給稔。

稔的傷勢只需要住院兩個星期。

在他接受治療這段時間，岩老爹幾乎天天到醫院探望他，但絕口不提麻煩事、複雜的問題，或是可能引起爭執的話題。

稔也是。他多半時間都呆呆躺在床上望著天花板。

被《寂寞獵人》迷惑的連續殺人犯，因爲惱羞成怒傷害了稔，警方也因此捉拿到了這個兇嫌，這件事再度透過媒體廣爲報導。

室田淑美勢必也透過新聞瞭解了整起事件，然而她終究沒有現身。連一通電話也沒有。

不曉得稔是如何面對淑美這樣的態度，岩老爹有些害怕而不敢問他。然而有一天，稔突然開口說：「你們見面後，她見到我，眞的從沒開心過。所以應該是已經結束了吧。所以，她也不肯來看我吧。」

稔的表情實在落寞，岩老爹也不知該說什麼。

「我早就知道了。眞的已經知道了。可是，我當時克制不了自己，只好遷怒在爺爺身上。」

「沒關係啦。」岩老爹只說了這句話，心裡想著，或許這是淑美小姐，身爲一個成熟大人對稔的體諒吧。

《寂寞獵人》中的一段話閃過岩老爹的腦海。

「我們都是寂寞的獵人，無家可歸，孤獨地放逐在荒野中。時而吹吹口哨，然而也只有風聲回應我。」

那個年輕人犯下了不容辯解的慘忍命案，他是否也曾聽到孤獨的口哨，以及回應的虛幻風聲？

那一段話的結尾是這麼說的。岩老爹在熟睡中的稔身旁，背誦這一段話。

「正因爲如此，我們渴求人們。正因爲如此，我們苦苦追求人與人之間的溫存。」

解說　心戒

書與人的機緣偶遇

書和人一樣，也是有生命的。它是活的、會說話的東西。

馬克西姆・高爾基（Максим Горький，俄國作家）

人與書的緣分總是很難說得清楚。

無論是有著十九年越洋信件往來，透過書本而建立起美國讀者與英國書店老闆間深厚情誼的倫敦查令十字路；還是因賣畫而偶遇陳師曾，成就了齊白石的「衰年變法」與兩人多年的莫逆之契，人文薈萃的北京琉璃廠；抑或是充斥著全身裝備齊全，按圖索驥，穿錯於東京神保町大小巷弄間的書蠹蟲；更甚者，隨著時光荏苒，從牯嶺街流轉搬遷至光華商場，現下已然拆除，如同碎落的珠玉項鍊般散佈於台北巷陌裡的舊書店，你是否曾在某個沉靜的午後，揹著背包，往來梭巡著某本你遍尋不著的書籍，卻在回眸的瞬間，宛如與多年不見的好友於街頭重逢般的，意外於某個角落裡相遇，當下毫不猶豫地掏錢買下，歡喜地帶著它回家，翻閱摩挲，愛不釋手？

你可能深諳書本的價值卻遍尋不得入手，也可能只是被書名或封面所吸引，卻意外地獲致寶物。當然更可能的是，在閱畢某一本書後，你的人生觀竟因此而改變。如果你不曾在舊書店裡掏過寶，那麼，閱畢宮部美幸這部以舊書店為舞台的《寂寞獵人》，會不會令你有股衝動，也想在舊書店裡領略書本的魔力與魅力呢？

一九九一年六月到一九九三年六月，宮部美幸在《小說新潮》雜誌上，陸續花了兩年時間，刊載了收錄在本書內的六則短篇。以日常一隅的生活細節作為故事發端，宮部美幸在《寂寞獵人》中，不止採取了宛如她獨特標記的觀察角度，更各自在六篇短篇裡，巧妙地安排了深具關鍵意義的對應書籍，輔以簡單幾筆卻完整勾勒出鮮明人物形象的深刻技巧，在這家號稱「藏書五萬本」，位於東京老街荒川河堤下三坪大的田邊書店裡，透過書本與人的機緣偶遇，激盪出各式各樣的人生風景。

以舊書店老闆岩永幸吉與孫子岩永稔如漫畫般晶瑩剔透的存在感和親暱逗趣的親子關係為縱軸，宮部美幸讓書與人相遇的機緣種子，宛如雙螺旋般的交纏糾結，在故事裡汲取養分，而後散發出一股特殊的寂寞況味。與書本相遇之前，路也對自己毫無信心，乍聞父親的死訊卻連一滴眼淚也哭不出來，喪志地從事著工讀生一天也能學會的自動販賣機補貨工作；由紀子則是個膽怯猶豫，害怕旁人眼光，只會在電車裡凝視著窗上己身投影的粉領族，內心雖然渴求改變，甚至企圖用整型來達成目的，但在關鍵時刻卻總是退縮了回去；背負著身心傷痕與秘密的小豐，則僅能臉色發白地意圖以偷竊書本為出發點，冀求有人能瞭解書本的內容，進一步揭發吹牛喇叭的漫天謊話。這些角色皆因寂寞無助而碰觸了書籍，並與之產生了共鳴，更透過舊書店老闆岩永幸吉而有了接點和改變。

如果不是翻閱了《吹牛喇叭》這本童書，引起舊書店老闆岩永幸吉的震驚與感嘆，所有人可能還被矇在鼓裡，未能看破企圖以謊言來掩蓋眞相的兒童暴力事件；如果不是〈冰塊下的幼苗〉裡阿榮的一句話，由紀子也不會鼓起勇氣，決心跳脫出劃地自限的小魚缸，積極地將想法化爲行動，追尋屬於自己的幸福。如果不是仔細閱讀過《揮旗叔叔的日記》，潛心思索獨居的父親與這本自費書籍的關聯性，路也不會重新對父親有了正面的評價，更藉此肯定起自身的潛力，抱持著希望朝人生的道路上奮力奔馳。

除此之外，岩老爹經常是唯一一個從書中看出關鍵人物寂寞之處的角色，若非他，人們可能還無法看穿鞠子與佑介那一場有名無實，暗藏血腥的六月婚姻；室田淑美更不可能斬斷她與稔的情絲，反思自己是否因爲出於寂寞，而想在年輕人的純眞裡築構她逃避現實的最後一道港灣；柿崎老奶奶更可能懷抱著愧疚與秘密，孤獨地在防空壕裡死去。而宮部美幸更藉由岩老爹的設計，表達其贊同人的確有自由閱讀的權力，但還是得做好把關動作，不讓孩童或是正面臨人生困境的年輕人輕易碰觸《殺人術》或《法律漏洞百科》這類危險書籍，展現她對人與書本相互影響的獨特觀察及觀點。

而《寂寞獵人》眾多形象鮮明的角色中，女性應當是宮部最獨特的書寫布置。無論是最後決定在防空壕內以死贖罪的柿崎老奶奶，或是決心以行動來開創生存之道的由紀子，還是最終瀟灑離去的淑美，女性的自立在整部小說裡有著非常精湛的描寫。即便最後只能孤獨地吹吹口哨，仍毅然轉身邁入風中，努力思索獨自過活的意義，並追尋屬於自己眞正幸福的所在。透過這些角色與書本的連接和轉變，女性自主與獨立的態度，屢屢在讀者心中留下深刻的印記。

於是讀者得以發現，書本在《寂寞獵人》裡，有著極爲精練微妙的意義。宮部美幸利用書本作爲故事發展的引子，彷如說書人般地以你我身邊某個角色爲原型，緩緩道來每個人因書而改變的一天。藉由書本深具懸疑性的存在，宮部巧妙地種下書與人之間的因緣和連結，不但引出故事主角們的疑慮，更讓讀者忍不住地想一探究竟——究竟一本書的存在，會怎麼影響一個人的生活？因此，當宮部美幸信步帶領讀者往書中的故事探究而去之際，書本內曲折的劇情發展，微妙地影響著每則短篇中角色們的想法及遭遇。透過流暢簡潔的筆法，宮部在宛延迴轉的情節鋪排下，進一步描繪著書本是如何在默默之中，牽纏著人生的各種潛移與轉變的可能性。然而，宮部美幸令人折服的地方並不僅止於此，〈有名無實的六月〉則是另一段更令人驚奇的深沉表現。巴林傑（Bill S. Ballinger）發表於一九五五年的代表作《尖牙與利爪》（The Tooth and the Nail）中，一名化名爲Lewis Mountain的魔術師，憑著指甲和牙齒，矢志追尋殺妻的兇手，沒想到故事背後卻牽扯出另一段與金錢有關的秘密。雙線交錯的故事裡，巴林傑聰明地隱瞞著兇手的眞實身份，直到最後，隱藏的伏筆揭露時，絕對令讀者驚訝地說不出話來。相似的佈局手法，宮部則是大方地藏葉於林，狡黠卻膽大地以《尖牙與利爪》一書明示結局的所在。宮部美幸在《寂寞獵人》裡，不但透過書本的奇特的存在感來吸引讀者，利用書本的內容來影響故事裡的角色與其人生，更藉著手法的類比與隱喻，化身爲讀者，以故事精巧地向作者致敬！

在〈默默走了〉當中，永山路也思索著這麼一個問題：「如果每個人以一生所寫成的作品，僅是一部平凡無奇、毫無高潮的小說，這樣的生活有著什麼樣的意義呢？」對此，宮部美幸以小說的形式解答了這個人生難題。如果人們戀愛，並不只是爲了找尋能夠映照出自己身影的那面鏡子，而是冀求遇見一位懂得我們並能全心回應的心之讀者；那麼，我們嗜讀每一本宮部的小說，是不是正因我們對於書中所寫的某個情節或某一句話，有著情緒性的感染和發自內心會意的微笑？或許下次，當你和電影《情書》裡的酒井美紀一樣，有機會遇見某一本啓發你的小說，並在封底內頁的到期單上瞧見某個製造機會讓你遇見這本書的人，不妨鼓起勇氣，把這個人找出來吧！

本文作者簡介

心戒

心戒，目前與博士文憑奮鬥中。評論文章散見於《謎詭》、《野葡萄》等。喜歡透過閱讀和明信片的募集來環遊世界。

附錄

宮部美幸｜得獎記錄

1987 **〈吾家鄰人的犯罪〉**
第26屆《ALL讀物》推理小說新人獎

1987 **〈莫名其妙的刀傷〉**
第12屆歷史文學獎佳作

1989 **魔術的耳語**
第2屆日本推理懸疑小說大獎

1992 **本所深川怪異草紙**
第13屆吉川英治文學新人獎

1992 **龍眠**
第45屆日本推理作家協會獎

1993 **火車**
第6屆山本周五郎獎

1997 **蒲生邸事件**
第18屆日本SF大獎

1999 **理由**
第17屆日本冒險小說協會大獎

1999 第120屆（1998年度下半期）直木獎

2001 **模倣犯**
第55屆每日出版文化獎特別獎

2002 第5屆司馬遼太郎獎

2002 2001年度藝術選獎文部科學大臣獎文學部門

獨步文化
APEX PRESS

廣 告 回 函
北區郵政管理登記證
台北廣字第000791號
郵資已付，免貼郵票

104台北市民生東路二段 141 號 2 樓

英屬蓋曼群島商家庭傳媒股份有限公司　城邦分公司

請沿虛線對摺，謝謝！

獨步文化
APEX PRESS

書號: 1UA011	書名: 寂寞獵人	編碼:

獨步文化 APEX PRESS

讀者回函卡

謝謝您購買我們出版的書籍！請費心填寫此回函卡，我們將不定期寄上城邦集團最新的出版訊息。

姓名：＿＿＿＿＿＿＿＿＿＿＿＿＿＿＿ 性別：□男 □女

生日：西元＿＿＿＿＿年＿＿＿＿＿月＿＿＿＿＿日

地址：＿＿＿＿＿＿＿＿＿＿＿＿＿＿＿＿＿＿＿＿

聯絡電話：＿＿＿＿＿＿＿＿＿＿傳真：＿＿＿＿＿＿＿＿＿＿

E-mail：＿＿＿＿＿＿＿＿＿＿＿＿＿＿＿＿＿＿＿＿

學歷：□1.小學 □2.國中 □3.高中 □4.大專 □5.研究所以上

職業：□1.學生 □2.軍公教 □3.服務 □4.金融 □5.製造 □6.資訊

□7.傳播 □8.自由業 □9.農漁牧 □10.家管 □11.退休

□12.其他＿＿＿＿＿＿＿＿＿＿＿＿＿＿

您從何種方式得知本書消息？

□1.書店 □2.網路 □3.報紙 □4.雜誌 □5.廣播 □6.電視

□7.親友推薦 □8.其他＿＿＿＿＿＿＿＿＿＿

您通常以何種方式購書？

□1.書店 □2.網路 □3.傳真訂購 □4.郵局劃撥 □5.其他＿＿＿＿＿

您喜歡閱讀哪些類別的書籍？

□1.財經商業 □2.自然科學 □3.歷史 □4.法律 □5.文學

□6.休閒旅遊 □7.小說 □8.人物傳記 □9.生活、勵志 □10.其他

對我們的建議：＿＿＿＿＿＿＿＿＿＿＿＿＿＿＿＿＿＿＿＿

＿＿＿＿＿＿＿＿＿＿＿＿＿＿＿＿＿＿＿＿

＿＿＿＿＿＿＿＿＿＿＿＿＿＿＿＿＿＿＿＿

＿＿＿＿＿＿＿＿＿＿＿＿＿＿＿＿＿＿＿＿

請於此處用膠水黏貼

宮部美幸

作品集／11

Miyabe Miyuki

寂寞獵人

國家圖書館出版品預行編目資料

寂寞獵人／宮部美幸著；黃心寧譯. - 初版. - 臺北市：獨步文化出版：家庭傳媒城邦分公司發行, 2006〔民 95〕

面；　公分. --（宮部美幸作品集；11）

譯自：淋しい狩人

ISBN 978-986-6954-38-2（平裝）

861.57　　95020383

原著書名／淋しい狩人．原出版者／新潮社．作者／宮部美幸．翻譯／黃心寧．責任編輯／李季穎　蔡靜宜．發行人／涂玉雲．總經理／陳逸瑛．行銷業務部／陳玫潾．版權部／吳玲緯．出版／獨步文化 城邦文化事業股份有限公司 台北市中山區民生路二段 141 號 5 樓 電話／(02) 2500-7696　傳真／(02) 2500-1967．發行／英屬蓋曼群島商家庭傳媒股份有限公司城邦分公司 台北市中山區民生東路二段 141 號 2 樓．讀者服務專線／(02)2500-7718; 2500-7719．服務時間／週一至週五：09：00-12：00、13：00-17：00．24小時傳真服務／(02)2500-1990; 2500-1991．讀者服務信箱 E-mail／service@readingclub.com.tw．劃撥帳號／19863813 書虫股份有限公司．香港發行所／城邦（香港）出版集團有限公司 香港灣仔駱克道 193 號東超商業中心 1 樓 電話／(852) 25086231 傳真／(852) 25789337 E-mail／hkcite@biznetvigator.com 馬新發行所／城邦（馬新）出版集團 Cite (M) Sdn. Bhd. (458372 U) 11, Jalan 30D/146, Desa Tasik, Sungai Besi, 57000 Kuala Lumpur, Malaysia 電話／(603) 9056 3833 傳真／(603) 9056 2833 E-mail／citecite@streamyx.com．美術設計／李逸華．印刷／成陽印刷股份有限公司．排版／浩瀚電腦排版股份有限公司．2006 年（民 95）11 月初版．2016 年（民 105）2月1日初版九刷．定價／240 元

Printed in Taiwan　ISBN 986-6954-38-2．ISBN 978-986-6954-38-2

宮部みゆき